Sandra Hughes

Tessiner Verderben

Der dritte Fall
für Tschopp & Bianchi

Roman

Kampa

Für den Blick hinter die Verlagskulissen:
www.kampaverlag.ch / newsletter

Teil 1

Santo Quirico lächelte zum Himmel hoch, der sich über ihm wölbte. Gott thronte dort oben im Gewölbe der Kapelle, umgeben von heiligen Männern. Keiner kümmerte sich darum, was zu ihren Füßen geschah. Signora Beltrano hatte das Oratorio betreten. Sie bekreuzigte sich hastig und wandte sich den Kerzen zu, die bereits auf dem blechernen Gestell brannten, in rote Becher versenkt. Zwei Franken das Stück, jedes Licht mit einem Wunsch versehen: für die Toten und die, die noch lebten. Möge der Darmkrebs beim Sohn besiegt, die Operation am eigenen Hüftgelenk gelingen, der Aktienkurs wieder steigen. Signora Beltrano warf eine Münze in den Schlitz, platzierte eine neue Kerze, zündete sie an. Sie verharrte mit gesenktem Blick, die Hände gefaltet, bewegte stumm die Lippen. Durch die offene Tür zur Kirche nebenan drangen Stimmen. Ein Mann sprach halb singend Worte vor, ein Chor antwortete. Es waren die Einwohnerinnen und Einwohner von Novazzano, die auf den Beginn der Nachmittags-Messe warteten. Signora Beltrano hatte ihre stille Andacht beendet. Sie schritt den Holzbänken entlang nach vorn zur Marienstatue, berührte sanft die Falten im hölzernen Gewand, ein Füßchen vom Jesuskind. Sprach ein Gebet mit Blick auf den Santo Quirico aus weißem Marmor, der über ihr auf seinem Sockel stand. Ihm zu Ehren waren Kirche und Oratorio errichtet worden. Wer, wenn nicht er und der Vater im Himmel sorgten dafür, dass es jenen auf Erden gut ging? Dein Wille geschehe, Amen.

Signora Beltrano wollte sich umdrehen, zwischen den

Holzbänken ein Stück zurück bis zur Mitte der Kapelle gehen und von dort durch die Tür in die Kirche. Ihr Blick streifte den Sockel des Heiligen, die kleine Nische, die sich im Altar dahinter bildete. Sie stutzte. Trat näher, beugte sich vor. Ein Beutelchen lag dort verborgen. Es war aus dunkelblauem Stoff, mit Goldfäden durchwirkt. Signora Beltrano zögerte, zog es hervor. Weich und leicht lag es in ihrer Hand. Eine mehrfach verknotete dünne Kordel ließ sich mit etwas Geduld lösen. Das Beutelchen entfaltete sich. Signora Beltrano konnte nur undeutlich etwas erkennen. Sie griff mit den Fingern hinein, zuckte zurück. Formte ihre Hand zur Schale, schüttelte den Inhalt sachte heraus. Nebenan in der Kirche trat Don Alfredo an den Altar, der Sprechchor war verstummt, als ein Schrei die Gemeinde zusammenzucken ließ. Die Einwohnerinnen und Einwohner von Novazzano schossen von ihren Holzbänken hoch und rannten in die Kapelle, wo sie auf Signora Beltrano stießen, die in der vordersten Bankreihe zusammengesunken war. Sie mussten genau hinsehen, bis sie erkannten, was in der zerfurchten Handfläche der Alten lag: weiße Mondsicheln aus Horn, akkurat geschnitten. Zehn Stück zählten sie, nachdem Signora Beltranos Fund auf der Holzbank ausgelegt worden war. Und nachdem sie das Puzzle der Größe nach geordnet hatten, war allen Anwesenden klar: Es waren Fußnägel von den zehn Zehen eines erwachsenen Menschen.

2

Emma ärgerte sich. So gerne wäre sie auf diesen Berg hochgefahren, und nun war die Bahn geschlossen. Heute war Samstag, der 1. Mai 2021, und damit Saisonbeginn. Endlich waren wieder Ausflüge möglich, nach einem langen Winter in den eigenen vier Wänden. Und nun befanden die Betreiber der Ferrovia Monte Generoso, dass das Wetter zu schlecht war. Emma schüttelte den Kopf. Diese Tessiner. Ein bisschen Nebel bloß machte ihnen Angst, feuchte Felsen, nasse Zahnräder. Nach zwei Tagen Regen schon sahen sie die Erde rutschen und Touristen in die Tiefe stürzen.

»*Stupido*«, murmelte Emma. »Nicht wahr, Rubio?«

Emma ließ sich auf die Bank bei der Bahnstation fallen. Bis hierhin reichte der Regen wenigstens nicht. Rubio hatte sich schwanzwedelnd erhoben, legte seinen Kopf auf ihre Knie, sah mit erhobenen Brauen hoch. Emma kraulte ihn am Hals. Ihr Magen knurrte. Beim Ristorante della Stazione gegenüber waren die Rollläden heruntergelassen. Schmutzig-weiße Sonnenschirme standen geschlossen im Garten, Tische und Stühle waren weggeräumt. Auf der Schiefertafel neben dem Eingang konnte man den Schriftzug »Chiuso« nur noch erahnen. Emma seufzte. So viel zur Sonnenstube der Schweiz, in der sie gelandet war. Emma Tschopp, dreiundfünfzig, Single und kinderlos, Ex-Kriminalpolizistin bei der Polizei Basel-Landschaft.

3

Seit Jahren plante Emma, auf den Monte Generoso zu fahren. Diesen Ort, den sie als Kind in Kuchenform kennengelernt hatte und als Geschmack auf der Zunge. Der dreieckige Generoso-Cake war aus Biskuitteig mit Vanille-crème und von einer Kakaoglasur umhüllt. Emma klaubte immer mit feuchtem Fingerchen die grünen Zuckerstreusel auf, die sich von der Glasur gelöst hatten. Vom Kuchen erhielt sie bloß eine Gabel voll. Darüber hatte ihre Groß-mutter streng gewacht, weil das Biskuit etwas enthielt, das nichts für kleine Mädchen war. Wenn Tante Sylvia zu Be-such kam, brachte Großmutter den Cake aus der Migros mit nach Hause. Emma durfte dann das Teeservice mit den blauen Blümchen aus dem Buffet im Wohnzimmer holen. Sie spürte noch immer das Metall des Schlüssels zwischen ihren Fingern, hatte den Geruch in der Nase, der sich aus-breitete, sobald sie die Tür öffnete: der Duft von Holz und Bonbons, gebügelter Tischwäsche, schwarzer Schokolade. Wenn Tante Sylvia wieder weg war, blieb manchmal ein Stück Cake übrig, in Großmutters Küche ganz oben auf dem Regal. Emma war dann versucht, sich einen Stuhl zu holen, die Schachtel zu öffnen, ihren Finger ins Biskuit zu bohren, sich mehr vom Verbotenen zu nehmen. Aber das wagte sie nie. Der Monte Generoso blieb unerreicht.

»Komm, Rubio.« Emma erhob sich. »Blöder Berg.«

4

Rubio sah das ebenso. Er hätte noch manches aufzählen können, was er in der Region hier blöd fand. Kläffende Hunde, egal, wohin er ging. Was bloß hatten die zu verteidigen? Staubige Straßenränder, die einem die Nase verbrannten, Wälder voller stachliger Schalen. Rebstöcke in endlosen Reihen, die giftig rochen. Auf den Wiesen sprangen ihn Heuschrecken an, groß wie Spatzen. Solche Reviere markierten die Hunde hier, wegen so etwas stürzten sie sich auf ihn mit Gebell. Als ob ihn das interessieren würde. Und die Hündinnen. Wie sie die Nase hochtrugen, an lila Leinen ihren Frauchen hinterhergingen, ohne den Kopf zu wenden. Kein freundliches Beschnuppern, kein Spiel, auf das sie sich einließen. Er konnte ihnen schöne Stöcke hinterhertragen, soviel er wollte. Falls sie doch einmal innehielten, um ihre edle Duftmarke zu hinterlassen, roch sie nach Whiskas. Hündinnen, die Katzenfutter aßen? Nein, dieses Territorium blieb ihm fremd. Bereits einen halben Sommer, einen Herbst und einen Winter hatte er hier durchbringen müssen, sich durch die Jahreszeiten gebissen: ausgedörrte Gräser und bittere Kastanien, eine zähe Ratte ab und an. Jetzt im Frühling hätte er zu gerne diesen Kuckuck gefressen, der sein feines Gehör mit der ewiggleichen Leier quälte. Wie gerne würde er wieder einmal eine fette Baselbieter Maus jagen. Er träumte von der Hofstatt hinter dem Bauernhaus in Arisdorf, wo er ein und aus gehen konnte, wie er wollte. Er sehnte sich nach dem weichen Teppich in Emmas Wohnzimmer, seinem Platz in der warmen Küche. Dort war er daheim. Da konnte

Emma noch lange auf seine Löcherdecke zeigen, die nun auf kalten Fliesen aus Ton neben einem Cheminée lag. Ihm gut zureden, mit ihrer lieben Stimme. Nicht einmal ein getrocknetes Schweineohr extra, das sie dort platzierte, vermochte ihn davon zu überzeugen, dass das hier sein neues Zuhause war.

5

Etwa tausend Meter höher als Emma und Rubio stand Adriano Tanner hoch über dem Valle di Muggio auf der Alp Génor im Regen und schützte mit der Hand die Augen vor harten Wassertropfen. Die italienischen Berggipfel am Horizont verschwanden in den Wolken. Vom Tal her zogen Nebelschwaden die steilen Flanken zu Adriano hoch, umhüllten die benachbarte Alp Nadigh und gaben sie irgendwann wieder frei. Auf der Rückseite versteckte sich die Bergstation des Monte Generoso. Auf den Weiden rundum sprossen die Frühlingsgräser, ein grün leuchtender Kontrast zum Grau. Welch ein Glück, hier sein zu können. Adriano Tanner sah zu den Ruinen mit den brüchigen Mauern und eingestürzten Dächern hoch, die hinter ihm standen: vier Gebäude, ein Stall und ein rundes Mauerwerk wie ein Iglu. Aber das Bild vermochte Adriano Tanner nicht zu erschüttern. Er hatte es sich zur Aufgabe gemacht, gemeinsam mit dem Verein »Amici della Valle di Muggio« die Alp Génor wieder zum Leben zu erwecken, die ehemals vielfältige Kulturlandschaft auferstehen zu lassen. Die Weiden mussten von Gestrüpp befreit, die Gebäude fachgerecht restauriert und renoviert werden. Er träumte davon, eine Alpkäserei einzurichten und eigene Salami herzustellen. Einen Empfang für die Gäste brauchte es, großzügig Platz für Bewirtung, eine authentische Küche, ein oder zwei Mehrbettzimmer für jene, die übernachten wollten. Einen schönen Keller wollte der Verein einrichten, der auch für Degustationen diente, dazu einen Raum für Vermittlung von lokaler Kultur und Brauchtum. Ein

Agritourismuszentrum vom Feinsten wurde hier auf 1300 Metern über Meer erschaffen, mit vieler Hände Arbeit und den Zuwendungen von Bund, Kanton und engagierten Privatleuten. Wenn alles gut lief.

6

In der Tiefgarage des Einkaufszentrums von Mendrisio wunderte sich Emma. Es gab kaum Autos hier, leere Parkbuchten reihten sich aneinander. Sie stellte ihren vw-Bus ab und wies Rubio an, zu warten. Keinen einzigen Menschen traf sie auf der Treppe, die zum Supermarkt hinaufführte. Niemand rammte ihr eine Einkaufstasche in die Beine, und daran hatte sich Emma in Zeiten der Pandemie gerne gewöhnt. Die disziplinierten Warteschlangen mit Ausdünstungen auf Distanz gefielen ihr. Kein täglicher Kampf um den Platz vor der Fleischtheke. So mochte es Emma.

»Lass sie doch«, hatte ihr Ex-Mann früher immer getadelt, wenn Emma wieder einmal eine alte Frau, die sich vordrängeln wollte, an ihren Platz verwies. »Sei doch ein wenig gelassen.«

»Aber ich stand zuerst hier«, hatte Emma gezischt.

Und der Ex hatte wie immer die Augen verdreht, während Emma ihm darlegte, dass es nicht um Gelassenheit ging, sondern um Gerechtigkeit, auch beim Warten auf Bedienung an der Theke.

»*Porca miseria*!«, rief Emma jetzt, als sie vor dem Supermarkt stand. Sie presste die Nase ans Glas. Das Ladeninnere war dunkel, die Tür verschlossen. Der Tag der Arbeit wurde auch im Tessin gefeiert, daran hatte sie nicht gedacht. So vertraut war ihr der Alltag hier schon, dass sie auf Italienisch fluchte, aber die Feiertage kannte sie nicht. Also gab es heute Abend keine *bistecca* vom Grill, außen knusprig gebraten, innen blutig, und keinen veganen Burger mit Erbsenprotein für Frena. Es blieb die Fahrt zum Tankstellenshop in Capolago, um dort alles zusammenzukaufen, was jene übrig gelassen hatten, die vor ihr da waren. Emma kannte das Sortiment bereits. Und danach würde sie im Il Fermento ein Glas Weißwein trinken. Falls die Bar nicht geschlossen war.

7

Die Maus huschte an den Steinquadern entlang. Verschwand in einer Mauerritze, da, wo sich über die Jahre hinweg der Mörtel gelöst hatte. Ein paar Meter weiter streckte sie ihre Schnurrhaare wieder hervor. Sie sprang ins weiche Gras, wuselte über Baumwurzeln, verharrte kurz vor der Holztür. Hoch über ihr befand sich in der Mitte des Turms ein kleines Fenster mit geschlossenen Läden. Über dem Dach breiteten sich mächtige Baumkronen aus. Die Äste waren schwarz vom Regen, wenig erst begrünt von Blättern. Der Turm stand allein außerhalb von Scudellate, dem letzten Dorf oben im Muggiotal. Nicht mit dem Hauch einer Andeutung verriet er, wie hier früher Vögel krepierten, in Netzen zwischen den Bäumen oder hinter den Mauern. Jene, die so dumm waren, sich von einem Lockvogel und Futter in den Turm locken zu lassen, und zu verängstigt, wieder den Weg hinaus zu finden. Schön weich gekocht wurden die Tierchen, ihr Fleisch gierig vom Skelett genagt in kargen Zeiten. Ein paar Auserwählte durften im Käfig überleben, feinen Herren fröhliche Lieder pfeifen, während die sich an ausreichend gedeckter Tafel labten. Aber diese Zeiten waren längst vorbei. Vor 150 Jahren hatte die Eidgenossenschaft den Vogelfang verboten. Die Vogelfängertürme im Valle di Muggio dienten heute als romantische Zier in der Berglandschaft und als Objekt für Historiker, die sich uneins waren, ob sie nun eher zur Linderung der Hungersnot von Armen errichtet wurden oder zum Vergnügen der Reichen. Vor der Pandemie war im Verein Amici della Valle di Muggio das

Anliegen aufgetaucht, den Turm instand setzen zu lassen, sein Inneres für geführte Touristengruppen zugänglich zu machen. Es war beim Wunsch geblieben. So stand nur hin und wieder ein Wanderer hier oben beim Roccolo di Merì, in sein Handy vertieft, und las die Geschichte nach. Der Trampelpfad blieb in der Regel unbeachtet, der sich vom Turm zu einem kleinen Stall weiter oben am Hang bahnte. Dort saß nun die Maus. Ihre Schnurrhaare zitterten, während sie hastig mit ihren Zähnchen bearbeitete, was von einer Brotkrume übrig geblieben war. Über ihr waren die knospenden Zweige eines Strauchs wie ein Weihnachtsbaum geschmückt. Keine bunten Kugeln hingen da, keine funkelnden Girlanden. Bloß ein paar Regentropfen brachten die weißen Knöchelchen zum Glänzen, die an Fäden säuberlich aufgeknüpft waren: Rippchen und Flügelchen, Wirbelsäulen und Beinchen, alle von Vogelfleisch befreit und blitzblank poliert.

8

Die Bar Il Fermento in der Largo Mario Soldini in Mendrisio war offen. Der kleine Platz lag an der Straße, die ins Valle di Muggio führte. Kein Fahrzeug entging jenen, die sich vor die Bar setzten. Die Lichtgirlanden über dem Eingang leuchteten im trüben Grau des Nachmittages, die aufgespannten quadratischen Sonnenschirme glänzten nass vom Regen. Darunter drängten sich die Gäste an kleinen Tischen. Der Wirt hatte für Emma und Rubio mit ein paar Handgriffen ein zusätzliches Plätzchen mit Blick auf die eng geparkten Autos neben der Bar eingerichtet, einen Sonnenschirm aufgespannt sowie den hohen Tisch und die beiden Hocker trocken gewischt.

»*Come sempre?*«, hatte er mit einem Augenzwinkern gefragt und war mit einem Glas Vacallo und Bruschette al pomodoro zurückgekehrt. Für Rubio stellte er eine Schale Wasser auf den Boden. Emma rechnete. Vor zehn Monaten hatte sie zum ersten Mal hier gesessen, zusammen mit Frena, die richtig Verena Lehner hieß und einem Kaff in Österreich entkommen war, wie sie selbst es formulierte.

»Dem Peter sei Dank«, sagte sie dann mit glücklichem Lächeln, und ihre vielen Falten im Gesicht mäanderten kreuz und quer. »Wegen dem Peter durfte ich hierbleiben.«

Dem Lächeln folgten jeweils Anekdoten zu Peter Alexander, der österreichischen Schlagerlegende selig. Wie herzlich und bescheiden er war, was er gerne aß. Seit Emma anlässlich eines toten Schönheitschirurgen die Bekanntschaft von Frena gemacht hatte, wusste sie alles über den Sänger, Showmaster und Schauspieler, der 2011 mit vierundachtzig Jahren in Wien verstorben war. Niemand wusste warum, seine Familie schwieg. Wenn Frena davon berichtete, wischte sie stets ein paar Tränen weg. Frena war von 1980 bis 1990 bei Peter Alexander als Hausverwalterin angestellt, die gute Seele seiner Villa in Morcote, die auch nach dem Rechten schaute, wenn die Familie nicht anwesend war. Nachdem der alternde Star sein Anwesen gegen eine Wohnung getauscht hatte, kam Frena beim ehemaligen Pfarrer von Vico Morcote unter, dem Nachbarsdorf über dem Lago di Lugano, mit dem sie sechsundzwanzig Jahre das Haus teilte. Als der alte Cavadini im letzten Mai starb, rief sie Emma an, erzählte von seinem überraschenden Tod und dem endlosen Leiden von Loredana, die schlussendlich eingeschläfert werden musste. Loredana war ihr Dackel.

Frena schluchzte eine Weile ins Telefon, dann sagte sie: »Ich habe einen Plan. Du kommst nie darauf.«

»Du wirst wieder Chefin«, sagte Emma. »In einem neuen Haushalt.«

»Beinahe. Ich eröffne ein Tagesheim für Kinder.«

»Spinnst du?«

»In Morbio Inferiore«, sagte Frena. »Kleines Paradies. Wiesen und ein Fluss nebenan, sechs Autominuten von Chiasso entfernt, Tausende Haushalte mit Kindern im Umkreis von wenigen Kilometern. Träger und Betriebskonzept stehen, alle erforderlichen Qualifikationen sind vorhanden. Der Kanton wird das Gesuch bewilligen. Sämtliche Mütter und Väter der Region werden es uns danken.«

»Uns?«, fragte Emma.

»Ich dachte an dich als Mitarbeiterin. Oder hast du etwas Besseres zu tun?«

9

Frenas Angebot war noch lange in Emma nachgeklungen, nachdem sie ihr Gespräch beendet hatten. Seit sie nicht mehr für die Polizei Kanton Basel-Landschaft arbeitete und die Pandemie ausgebrochen war, kam sie dank einer spontanen Geschäftsidee über die Runden. Not macht erfinderisch, hatte sie sich gedacht und ihr Hobby zum Beruf gemacht: Sie legte ein Mosaik nach Wunsch im Tausch gegen Kost und Taschengeld. Emma fuhr mit ihrem Campingbus und Rubio durch die ganze Schweiz auf Stör zu jenen, die einen Garten besaßen und ihn in Zeiten verändern wollten, in denen nebst Eigenheimoptimierung nicht viel möglich war. Das Angebot sprach sich schnell herum. Zufriedene Kundinnen und Kunden gaben ihre Kontaktdaten weiter. Emma war bereit, jedes Motiv zu legen, wenn es bloß die Menschen glücklich machte, die es wählten. Sie lebte vom Essen der Auftraggeber und einem Taschengeld, das meist großzügig bemessen ausfiel. Für Versicherungskosten griff sie das Ersparte an, zum Schlafen war der Bus mit Aufstelldach da, das Kochen entfiel. Emma aß sich kreuz und quer durch Schweizer Esskultur, ohne zu murren, aber weil pandemiebedingt getrennt gegessen wurde, hätte sie sowieso niemand gehört. Und jetzt sollte sie mit Frena im südlichsten Zipfel des Tessins ein Tagesheim für Kinder eröffnen? Emma liebte Kinder. Mit Kindern konnte sie Türme bauen, Räuber und Gendarm spielen oder einem Fußball bis zum Umfallen hinterherrennen. Sogar Kartenspiele spielte Emma, wenn es sein musste. Sie malte den Kindern Fantasiefratzen ins Gesicht, schnitzte Pfeil und Bogen. Half bei den Hausaufgaben und buchstabierte schwierige Wörter, übte Lieder ein. Erfand eklige Wörter, bis alle sich krümmten vor Lachen. Kinder waren wunderbar, fand Emma, wenn sie sie nach ein paar Stunden wieder loswerden konnte: bei der besten Freundin, der Kollegin, die in ihrer Not niemanden gefunden hatte, der die Betreuung übernehmen konnte, beim überforderten Kollegen, den sie beim Kindergeburtstag unterstützt hatte. Aber Kinder acht Stunden am Stück betreuen, fünf Tage die Woche?

Emma hatte drei Nächte über Frenas Frage geschlafen, dann war sie zu dem Schluss gekommen: Sie hatte nichts Besseres zu tun.

»Noch ein Glas Vacallo?«

Emma schrak aus ihren Gedanken hoch, nickte dem Wirt zu. Eins ging noch. Danach würde sie nach Morbio Inferiore fahren, sich vor dem Cheminée aufs Sofa legen und weiterlesen. Wie gut, dass es Kriminalromane gab.

Unterdessen wehte auf der Alp Génor ein kräftiger Wind, der den Regen gegen die Ruinen peitschte. Adriano Tanner stemmte ihm den Rücken entgegen, stieß die Schaufel in den harten Grund. Es kostete ihn große Anstrengung, tiefer in den Boden zu graben. Diese Büsche waren zäh. Die Alp gab ungern her, was ihr gehörte. Zudem blieb die Unterstützung aus, schon eine Stunde war sein Kollege überfällig. Weder Wind noch Regen vermochten Adriano Tanner etwas anzuhaben, aber wenn Abmachungen nicht eingehalten wurden, brodelte es in ihm. Mehrmals hatte er sein Handy hervorgeholt, keine Nachricht, keine Entschuldigung war eingetroffen, schon gar kein Anruf. In seinen Ärger mischte sich Sorge. Was, wenn etwas passiert, Orazio gestürzt war? Er war ein Stadtmensch geworden und viel weniger für Steilhänge geeignet, als er behauptete. Oder war er mit dem Auto verunfallt, von der schmalen Straße abgekommen wegen überhöhter Geschwindigkeit? Ein Frontalzusammenstoß beim Überholmanöver? Zuzutrauen war es ihm. Adriano Tanner rammte erneut die Schaufel in den Boden. Zuckte zusammen, als sein Handy klingelte. Er holte es mit klammen Fingern aus der Jackentasche und nahm den Anruf entgegen. Orazio, endlich.

»Adriano, es tut mir leid.«

Adrianos Ärger fiel in sich zusammen, während er zuhörte. Netzwerkpflege hatte Orazio ferngehalten. Ein möglicher Investor, den er schon länger an der Angel hatte, einer dieser mächtigen Männer, dem man sofort ein Zeitfenster anbot, wenn äußerste Dringlichkeit vorlag.

Adriano Tanner nahm den Redeschwall entgegen, während er seinen Blick zur Alp Nadigh hinüber schweifen ließ. Als er das Gespräch beendete und das Handy wieder einsteckte, stutzte er. Er schirmte die Augen ab, um die halb zerfallenen Häuschen, die am Hang kauerten, besser fixieren zu können. Dort bewegte sich etwas zwischen den Ställen, war aber zu groß für ein Tier. Ein Berggänger? Aber warum trug jemand, der sich bei diesem Wetter in die Höhe wagte, keine Signalfarbe, sondern schwarze Kleider? Adriano schloss die Augen, öffnete sie wieder. Vielleicht waren es bloß Nebelschwaden, die seine Sinne täuschten.

Am Montag nach dem 1.-Mai-Wochenende regnete es noch immer. Die Straßen glänzten schwarz, dicht hintereinander fuhren die Autos. Ihre Scheibenwischer wischten hastig im Gleichtakt, gaben den Insassen die Sicht auf den grauen Morgen frei. Von Chiasso und Vacallo her rollten die Fahrzeuge Richtung Morbio Inferiore, von Novazzano aus dem Süden, aus dem Westen von Coldrerio und Balerna. Vom nahe gelegenen San Pietro im Norden kamen sie auf verschlungenen Wegen, weil die Breggia-Schlucht dazwischen lag. Es waren von Montag bis Freitag dieselben Autos, die in die Via Maestri Comacini einbogen, in der auf Wegweisern »Grotto del Mulino« und »Percorso del Cemento« geschrieben stand. Aber die Frauen und Männer am Steuer interessierten sich weder für Kulinarik noch Zementlehrpfade, sondern wollten zum Parkplatz mit dem bunt bemalten Holzschild, wo sie von einem schwarzen Labrador schwanzwedelnd empfangen wurden. Dort schnallten sie zappelige Kinder vom Rücksitz, während sie die nasse Hundeschnauze abwehrten und versuchten, dem Nachwuchs einen Kuss mitzugeben. Dann sahen sie der Bande nach, die lachend und kreischend das sanft ansteigende Sträßchen hochrannte, vom Schlabbermonster mit freudigen Sprüngen begleitet. Die Frauen und Männer riefen sich gegenseitig ein paar Worte zu, bevor sie wieder in ihre Autos stiegen und wendeten. Auf dem Rückweg dankten manche für diese Einrichtung in einem bankrotten Grotto am Rande von Morbio Inferiore, von wo es nur noch zu Fuß in die Breggia-Schluchten des Valle di Muggio hoch weiterging. Gott oder eine gescheite Verwaltungsangestellte musste sie ihnen geschickt haben, den geplagten Müttern und Vätern im Mendrisiotto. Die Nachricht vom neuen Tagesheim hatte sich über Mundpropaganda verbreitet. Hoch gelobt wurde die Betreuung. Und insbesondere den Müttern kam die pädagogische Leitung wie gerufen. Endlich existierte ein männliches Wesen im Betreuungssystem für kleine Kinder. Endlich gab es ein Vorbild, eine Identifikationsmöglichkeit für ihre Söhnchen. Jung und hübsch war er noch dazu, dieser Davide Motta.

S ignora Emma!«, rief ein Kind von der Veranda her. »Signooraaa!«

Die Veranda lag unter dem Vordach des Nebengebäudes. Das Atelier für Kunst war dort eingerichtet, angenehm kühl bei Hitze, geschützt an Regentagen wie heute. Von der Veranda führten ein paar Stufen hinunter auf einen großzügigen Platz. Unter den Füßen knirschten Kieselsteinchen, über den Köpfen bildeten Linden ein saftig-grünes Dach. Zu zwei Seiten begrenzten Holzbänke auf Granitsockeln das Grundstück, dahinter wucherte der Südtessiner Laubmischwald. Der Platz breitete sich vor einem alten Haus mit roten Läden aus, dessen Putz an manchen Stellen bröckelte. Der Haupteingang war ein paar Stufen tiefer gelegt, mit einem Bogen aus eingemauerten Ziegelsteinen verziert. »Grotto del Mulino« hatte der Pfeil links davon früher verkündet. Emma hatte ihn an dem Tag, an dem das Tagesheim eröffnet wurde, abmontiert und den Kindern zur Bemalung weitergegeben, zusammen mit dem Schild beim Parkplatz unten. »Casa Rubio« hatten die Kinder in Gelb, Blau, Rot und Grün geschrieben, das Schild mit Herzen und Hundepfoten verziert. Einstimmig hatten die Kinder auf dem Namen bestanden, fand doch die offizielle Benennung keine Gnade. »Asilo Nido del Mulino di Morbio Inferiore« blieb ein Papiertiger in Betriebskonzept und Bewilligung.

»Signora Emmaaaa!«

Emma fuhr fort, die Planen über den Tischen und Stühlen auf dem Kiesplatz vom Regenwasser zu befreien, das sich in Kuhlen gebildet hatte. Ihre jahrelange Erfahrung im Campieren kam dem Unternehmen hier zugute. Frena hatte gestaunt, wie schnell eine Sitzgelegenheit unter freiem Himmel mit Regendach eingerichtet war. Sie wollten viel lieber hier draußen essen als im Haus, fanden die Kinder und stritten darum, wer Emma die Befestigungsleinen hochreichen durfte, als sie auf der Leiter an die größte Linde gelehnt stand.

»Signora Eeeeemmmmaaaa!«

Leonardo war es, der sie rief. Das Kind war hartnäckig. Emma lächelte, während sie zum Kistchen mit Gabeln und Messern griff, um die Tische fürs Mittagessen zu decken. Sie sah den kleinen Jungen vor sich, blass und schüchtern, wie er letzten Sommer zum ersten Mal von einer resoluten Mutter aus der Familienlimousine gehoben und auf zwei dünne Beinchen gestellt wurde, während die Mutter aufzählte, was Leonardo auf keinen Fall zugemutet werden durfte, wie generell mit ihm zu verfahren sei und wie in speziellen Fällen. Den Abschied von seiner Mama zum Beispiel mochte er nicht, ebenso wie Pasta jeglicher Art und andere Kinder. Flecken auf den Kleidern ging gar nicht, Mittagsruhe war unmöglich, und auf die Toilette ging er nur in Begleitung. Emma hatte genickt, die Frau freundlich zum Aufbruch gedrängt und sich verflucht, den Job hier je angenommen zu haben. Dann hatte sie mit dem schluchzenden Jungen eine Stunde auf dem Parkplatz gesessen.

»Eeeeemmmmmmaaaa!«

Emma stellte das Kistchen mit Messern und Gabeln hin. Tische decken konnte warten.

»Du kannst nicht dauernd alles stehen und liegen lassen, bloß weil ein Kind dich ruft«, würde Frena sie wieder schelten. »Du bist nicht konsequent.«

Emma stimmte zu, während sie zur Veranda hinüberging

und die Füße extra in den Kies stemmte, damit es schön knirschte. Konsequent war sie nicht. Auch von Rubio ließ sie sich immer wieder vom Weg abbringen, wenn er von einer Straßenseite zur anderen wechselte, die Nase am Boden. Warum sollte sie ihm all die aufregenden Duftnoten vorenthalten, ihn stur geradeaus zwingen? Zudem konnte Frena nicht sehen, dass Emma schon wieder inkonsequent war. Frena stand mit der Kochgruppe drin in der ehemaligen Gaststube. Sie vermittelte die Handhabung von Spiralschneidern, bis die Kinder aus Zucchini Spaghetti zaubern konnten, und stach mit ihnen Herzen und Elche aus Gurkenscheiben aus.

»Gesundes unterjubeln«, war Frenas Motto. »Alter Trick.«

Dazwischen rührte sie in der Gemüsesuppe, später serviert mit Wiener Würstchen extra für jene, die einfach nicht ohne konnten. Ein großzügiges Zugeständnis, wie Frena betonte, weil Fleischessen nun mal so etwas von »out« war. Mit ihrem wöchentlich wechselnden Küchenteam entwarf Frena abenteuerliche Kompositionen. Jahreszeitenabhängig, weil hier saisongerecht gekocht wurde. Letzten Herbst mussten die Pilze verarbeitet werden, die Frena mit den Kindern gesammelt hatte. Stolz präsentierte das Küchenteam täglich seine Funde. Emma hatte insgeheim die Augen verdreht in Vorahnung dessen, was sie erwartete: endlose Variationen von Omelett mit Pilzen, Pilzrisotto, Pizza und Pasta mit Pilzen, Pilzburger und Pilzhotdog, diverse Salate mit Pilzen. Gegen Ende Herbst waren Edelkastanien Trumpf, von den Kindern tonnenweise auf Ausflügen gesammelt. Im Internet wurde gemeinsam nach Rezepten gesucht. Frena hielt zwar das weltweite Netz für eine »blödsinnige Erfindung«, hielt ihm aber für dieses eine Mal zugute, dass es ganz nützlich war. Der Drucker in ihrem kleinen Büro im Dachgeschoss der Casa Rubio spuckte kindgerechte Kochanleitungen aus: Marronimousse, Marronikuchen, Marronitiramisu, Marronisuppe, Marronimuffins, Marronipralinen, Marronibrot. Die Kinder hatten sich mit Frena vergnügt durch ihre Kreationen gearbeitet, während Emma die braunen Früchte über dem Feuer briet und auf eine Saison hoffte, die ihr weniger süß und klebrig im Magen liegen würde.

»Signora Emma.« Eine feuchte kleine Hand schob sich in ihre. »Schau, was wir machen.«

Leonardo war ihr entgegengehüpft und zog sie die letzten Schritte bis zur Veranda, wo sie Rubio freudig begrüßte. Das Atelier war tagsüber zu seinem Stammplatz geworden. Heute waren die Maltische und Sitzbänke weggeräumt, eine Papierfläche von der Größe eines Zimmers auf dem Boden ausgebreitet. Ihr Mitarbeiter Davide fungierte als Atelierboss, leitete in ruhigem Ton die Kinder an. Leonardo wies auf ein Klappstühlchen.

»Du kannst hier sitzen.«

Sechs Kinder standen rund um das Papier mit Blechdosen an Schnüren bereit, in überdimensionierten Malkitteln, ehemalige Blusen und Hemden von Erwachsenen. Auf »Los!« ließen sie ihre Pendel schwingen, bewegten sich rund um das Papier, die Zunge im Mundwinkel platziert. In einem disziplinierten Tanz legten sie gelbe, rote, schwarze, grüne und blaue Farbspuren in elektrisierenden Linien aufs Papier, Runde um Runde, bis die Dose leer war. Leonardo verriet Emma das Geheimnis, nachdem die Farbe versiegt war. Ein kleines Loch im Dosenboden ermöglichte den Farbfluss. Jede einzelne Bewegung von ihnen allen machte das Kunstwerk aus.

»Von uns allen«, wiederholte Leonardo und zeigte mit blaugelber Hand in die Runde.

Emma schaute das strahlende Kind an, das von oben bis unten farbverkrustet war. Beobachtete, wie die kleinen Künstlerinnen und Künstler eifrig ihre Blechdosen reinigten, die nächsten beim Füllen mit Farbe unterstützten. Sie tätschelte Rubio, der sich an sie drängte, und folgte der Diskussion der Kinder, die nun mit Davide zusammen Fotos anschauten, die Jackson Pollock in seinem Atelier zeigten. Laura fand Malen mit Pinsel das einzig Richtige. Luca sprach sich für die Technik von Pollock aus und scharte damit Leon und Matteo hinter sich. Elsa mochte Kunst so oder so nicht und zog »gamen« vor. Noah identifizierte Farblinien, die ganz bestimmt von ihm stammten. Leonardo suchte beharrlich Bündnispartner für seinen Standpunkt, dass es sich hier um ein Gemeinschaftswerk handelte, während Maria sich zwei Büchsen geschnappt hatte und quietschend vor Vergnügen Gelb und Violett aufs Bild schleuderte. Bis die Diskussionsrunde sie bemerkte und sich auf sie stürzte, lachend die einen, heulend vor Entsetzen die anderen.

»Stop!«, rief Emma und half Davide, das Knäuel zu entwirren, bevor sie zum Kistchen mit Messern und Gabeln zurückkehrte, ein Lächeln im Gesicht. »So lustige Kinder. Von euch kann ich etwas lernen.«

Frena zählte die Teller. Letzte Woche hatte eine Portion gefehlt, ein Versehen, das Geschrei und Tränen nach sich zog. Frena wäre am liebsten aus Scham im Boden versunken. Sie hatte sich geschworen, dass ihr das nie wieder passieren würde. Jetzt waren zwölf Teller für die Kinder da, drei für die Betreuung, fünfzehn Portionen insgesamt. Alles korrekt. Ihre Küchengruppe hatte wieder einmal Wunderbares geschaffen. Fast zwei Stunden lang hatten die Kinder geschnitten und geschnipselt, mit Zahnstochern hantiert, fünfzehn Mal einen Apfel in eine Eule verwandelt. Unten platzierten sie einen runden Leib und obendrauf einen Kopf. Von der einen Apfelhälfte zweigten sie ein paar Schnitzchen ab für ausgebreitete Flügel, machten zwei kleine Dreiecke zu Ohren. Dann steckten sie zwei Scheiben Bananen mit Rosinen in das Gesicht, für riesengroße Eulenaugen, dazu eine Rosine für Nase und Mund. Frena unterstützte und lobte, beträufelte die Werke mit Zitronensaft, damit sie nicht braun wurden. Zwischendurch eilte sie in die Küche nebenan, kontrollierte die Minestrone im großen Topf und sang ihr Lieblingslied dazu:

»*Die kleine Kneipe in unserer Straße*
da wo das Leben noch lebenswert ist.
Dort in der Kneipe in unserer Straße
da fragt dich keiner, was du hast oder bist …«

Auf der Veranda draußen sah sie Rubio schwanzwedelnd zwischen den Kindern hin- und herspringen. Seine linke

Flanke war mit einem leuchtend gelben Farbstreifen verziert. Zu seinem Vergnügen versuchten die Kinder nun kreischend, ihn mit nassen Schwämmen zu säubern. Mittendrin im Gewusel stand Davide und rauchte eine Zigarette. Wie oft hatte sie ihm gesagt, dass er seine Zigarettenpause abseits der Kinder machen sollte?

»Ach, Frenchen«, sagte er dann und warf ihr eine Kusshand zu. »Siehst du denn nicht, wie ich den Rauch extra hoch in den Himmel puste?«

Jetzt winkte er. Er hatte sie hinter dem Fenster entdeckt und deutete mit einer umfassenden Bewegung auf die Kinder, das Farbgeschmier zu ihren Füßen.

»Unsere neuesten Kunstwerke, Frena!«, rief er. »Á la Jackson Pollock!«

Frena musste lachen. Kunstwerke. Ein bisschen Farbe schleudern sollte Kunst sein? Ihr Peter selig würde sich im Grab umdrehen. Und sie würde einen Besen fressen, gleich nachher zur Suppe, falls wieder so ein irrer Kleckser zum Genie erhoben werden sollte. Das hatten die dort in Basel dem Jungen beigebracht. Kein Wunder, dass Davide das Kunststudium hingeschmissen und etwas Richtiges gelernt hatte. Kindererzieher HF. Was immer HF bedeuten mochte: Genau dieses Ausbildungsprofil hatte gefehlt. Dass es nun in Gestalt des feschen Jungen da war, konnte Frena nur recht sein. Einzig der Wohnort von Davide passte ihr ganz und gar nicht. Weshalb musste der Junge in dieser Villa dort oben in Scudellate leben?

»Ach, Frenchen«, sagte er bloß, wenn sie auf das Thema kam. »Was denkst du dir denn? Es ist doch einfach schön dort.«

Dass der Junge in schlechter Gesellschaft war, das dachte sie.

Wenn man von Emmas Lieblingsbar Il Fermento in Mendrisio das Valle di Muggio hochfuhr, an Castel San Pietro, Breggia, Caneggio, Bruzella, Cabbio und Muggio vorbei, dann gelangte man nach dreißig Minuten Fahrzeit über eine kurvenreiche Straße nach Scudellate, das auf 904 Metern auf einem steilen Abhang thronte. Fünfzehn Einwohnerinnen und Einwohner lebten ständig dort. Die Häuser reihten sich der Via Caserma entlang, die beim Friedhof endete. Eine Kirche, eine Bushaltestelle, ein Restaurant gab es da. Die Osteria Manciana wurde auf Tripadvisor als Oase des Friedens mit typischen Tessiner Gerichten gelobt: das Ossobuco und die Polenta vom Feuer, die *fagioli, mortadelle, salmì di selvaggina*, alles ausgezeichnet. Der Blick von der Terrasse der Osteria Manciana war *amazing*. Man sah über terrassenförmig angelegte Felder talwärts, westlich steile Weiden mit Gämsen. Im Rücken und gegen Osten zog sich die Grenze zu Italien hin, ein paar hundert Meter weiter lag jenseits der Breggia-Schlucht das italienische Dorf Erbonne mit seinen zwölf Einwohnerinnen und Einwohnern, dem Museum der Guardia Finanza und einer Höhle. Mit Erbonne war Scudellate in jenen Zeiten, als der Schmuggel noch lukrativ war, innig verbunden. Auch jetzt noch führte ein Fußweg durch den Wald und über eine Brücke nach Italien. Die Grenze verlief entlang der Breggia. Mit einem Auto war hier oben nichts zu machen, mit dem Wagen führte der Weg von Scudellate nur noch einen Kilometer in die andere Richtung bis Roncapiano Paese, wo bei der Kirche

Endstation war. Es folgten Wiesenhänge und ein Wanderweg zum Monte Generoso hoch. Das Postauto wendete hier und fuhr via Scudellate das Valle di Muggio wieder hinunter. Diesen friedlichen Flecken Erde also hatte sich A. C. für seine Ferienresidenz ausgesucht. Weiß der Teufel, dachten die fünfzehn Einwohnerinnen und Einwohner von Scudellate, was den Mann dazu gebracht hatte, sich ausgerechnet hier im Auswanderungsdorf ein Feriendomizil einzurichten. Wo es doch Residenzen unten am Luganer See gab, mit Blick auf das Wasser, nicht bloß dem Hang abgerungene Terrassen, die landwirtschaftlich betrieben wurden. Dass A. C. ein Mann war, ein Mann mit Geld, davon waren die Einwohnerinnen und Einwohner von Scudellate überzeugt. Auch wenn sie A. C. noch nie gesehen hatten, sondern nur einen Maserati, der eines Samstagmorgens vor der Villa Benedetto gestanden hatte, unten an der Via Principale, zweihundert Meter vor dem Dorf. Daneben parkte der Kleinwagen des Maklers. Der Makler fuhr immer dann von Chiasso hoch, wenn er einen Kaufinteressenten für dieses Objekt an der Angel hatte. Marode Bausubstanz, sagten die einen im Dorf, völlig überteuert. Ein Fass ohne Boden für den Dummkopf, der so etwas kaufte. Eine Villa d'Epoca vom Feinsten, widersprachen die anderen. So viel echten Jugendstil gab es sonst nirgendwo zu erwerben, und ein bisschen Investition sollte das Schmuckstück einem wert sein. Bisher war jeder Kaufinteressent wieder abgesprungen. Aber seit jenem Samstagmorgen war der Kleinwagen des Maklers aus Chiasso dem Dorf ferngeblieben. Dafür fuhren nach ein paar Monaten Kran und Bagger hinauf. Bauarbeiter okkupierten die wenigen Parkplätze im Dorf. Ein Mann im Anzug und schwarzem Rollkragenpullover spazierte umher. Das musste der Architekt sein. Hinter einem hohen Bauzaun wurde gezaubert. Aus marode wurde glänzend. Alle staunten, als der Bauzaun fiel und den Blick aufs Anwesen für kurze Zeit freigab, bis die blickdichte, fünf Meter hohe Einfriedung rund um das Grundstück errichtet war. Die Villa Benedetto hieß nun Villa Santa Chiara, so stand es jedenfalls über dem Tor geschrieben. Nebst Kameras gab es einen Klingelknopf, das Schild daneben war mit zwei Initialen versehen: A. C. Die Einwohnerinnen und Einwohner schauten aus ihren Häusern im Dorf oben auf den renovierten Jugendstil hinunter, auf Türme und Erker und eine aprikosenfarbene Fassade. Die einen freuten sich über so viel Schönheit, andere zerrissen sich den Mund über den Swimmingpool. Neugierig waren alle. Aber wie lange sie auch starren mochten: Der Maserati tauchte nie mehr auf, auch kein Mann, zu dem die Initialen A. C. gepasst hätten. Nur hin und wieder fuhr ein Dienstwagen mit Zürcher Nummernschild vor, der zu einem Multiservice-Unternehmen gehörte und nach ein paar Stunden verschwand, die Festung wieder sich selbst überlassend. Deshalb war es eine kleine Sensation, als sich das Tor zur Villa Santa Chiara eines Tages öffnete, genau so lange, dass ein Mann hindurchschlüpfen konnte. Bald schon gingen mehrere Männer ein und aus, so wurde behauptet, hübsche junge Männer. Nach ein paar Wochen kam das Gerücht auf, dass der Mann eine Frau und aus Afrika war. Die Einwohner von Scudellate beobachteten alles vom Fenster hinter den Vorhängen, während die Einwohnerinnen am Eingang der Villa Santa Chiara vorbeiflanierten. Alle zusammen reckten die Hälse, um etwas davon zu erkennen, was dort in Haus und Garten vor sich ging. Nichts sahen sie. Der Schutzwall war zu hoch. Ab und zu schimmerte in den oberen Gemächern Licht hinter den Fensterläden. Manche behaupteten, hinter der Einfriedung die Geräusche von Menschen zu hören, die im

Swimmingpool badeten. Eine Wohngemeinschaft, so ging das Gerücht, hatte sich eingenistet. Die einen sahen filzige Haare und Piercings in der Nase, hörten nachts okkulte Klänge. Sie wurden von den anderen ausgelacht. Wenn es doch bloß Klänge und ein paar Freaks wären, so wie früher diese Langhaarigen aus Deutschschweizer Städten, die sich zur Selbstversorgung berufen fühlten. Denn, bei Gott, da waren illegale Machenschaften am Werk. Mindestens Schmuggel wurde hier betrieben, Substanzen jeglicher Art wurden hier illegal umgeschlagen, ganz in guter, alter Tradition des letzten Jahrhunderts, in dem so gut wie jeder im Dorf im Schmuggelgeschäft tätig war. Und damals wohnten hier noch viel mehr Menschen. Wegschauen, das hatte sich für die Einwohnerinnen und Einwohner des Tals bewährt. So zu tun, als wüssten sie von nichts. Weshalb also sollte man sich jetzt in das Geschehen dort unten in der Villa Santa Chiara einmischen? Sich aussetzen, Aufmerksamkeit auf sich lenken? Bei Gott. Das wollte niemand.

Emma putzte. Sie putzte erst im Notfall. Dann, wenn die Krümel, die sich ihr beim Gehen über den Fliesenboden in die Fußsohlen bohrten, wirklich nicht mehr zu ignorieren waren. Emma putzte mit Gianna Nannini im Ohr, sang »*Un ragazzo come te*« und sah mit Vergnügen die Staubflusen im Staubsauger verschwinden. Der Staubsauger gehörte Frena, so wie alle Küchengeräte. Das Beil fürs Feuerholz hatte Emma beigesteuert, dazu Werkzeuge und Gartengeräte. Beide hatten ins »Grotto del Mulino« mitgebracht, was ihnen wichtig schien. Den Wohnbereich hatten sie sich aufgeteilt. Frena erhielt den oberen Stock, Emma im Erdgeschoss jenen Bereich, der nebst Küche und großem Essraum fürs Tagesheim übrig blieb: ein Zimmer mit Cheminée, direkter Zugang zu einem verborgenen kleinen Garten samt Badewanne und eine winzige Toilette, die im angrenzenden Geräteraum eingebaut war. Ein kleines Paradies, fand Emma jedes Mal, wenn sie in der Wanne lag, in den Sternenhimmel schaute und den Duft des Holzfeuers einatmete, das ihr Badewasser erhitzte.

»*Pronto, papà?*«

Für ihren Vater unterbrach Emma gern das Staubsaugen. Sie warf sich aufs Sofa, kraulte Rubios Nacken, während *papà* berichtete, von der Skulptur, die misslungen war, weil die Motorsäge definitiv nichts taugte, von Onkel Eduardo, der nun endgültig im Sterben lag, den Unmengen Pinienkernen, die er für das köstlichste Bärlauchpesto der Welt klein gehackt hatte. Ihr Vater, bester *papà* der Welt.

Emma blieb liegen, auch als ihr Vater nach vielen guten Wünschen für sie und Rubio und die *bambini* dort bei ihr das Gespräch beendet hatte. Sie versuchte zu verdrängen, was sie wieder befallen hatte: Das Ziehen im Brustkorb, sobald ihr Handy klingelte. Herzklopfen und die jähe Hoffnung, dass die Nummer von Marco aufleuchten würde, wenn sie auf den Bildschirm sah. Aber Marco rief nicht an. Marco Bianchi hatte Wichtigeres zu tun, der Commissario vom Commissariato Lugano. Er war im Mitarbeiteraustausch in Ungarn, klärte dort innerhalb eines europäischen Hospitationsprogramms Verbrechen auf.

»*Va fan culo!*«, rief Emma und schnellte vom Sofa hoch, dass Rubio zusammenzuckte. Sie schlüpfte in ihre Sneakers, nahm den Schlüssel vom Haken, drängte Rubio zurück, der ihr in die Dunkelheit nach draußen folgen wollte, und schloss die Tür hinter sich. Rannte das Sträßchen hinunter zum Camper, schloss die Tür auf der Beifahrerseite auf. Zerrte das Paket unter dem Sitz hervor, das Marco ihr nach der gemeinsamen Klärung des Mordes am Schönheitschirurgen überreicht hatte, beim Abschied vor dem Giardino Balber in Morcote, bevor sie in den Camper gestiegen und mit Rubio wieder zurück nach Arisdorf gefahren war. Das war im Oktober 2019 gewesen, vor genau neunzehn Monaten.

»Für Tschopp, von Bianchi«, hatte der Commissario gesagt. »Erst vor dem dritten Fall öffnen.«

Das Geschenk war so groß wie vier Schuhschachteln, in gelbes Papier eingepackt, mit bunten Bändern umwickelt.

In den Tagen damals, auf ihrem Arbeitsweg nach Liestal, hatte Emma es aus dem Augenwinkel leuchten sehen, während sie wieder und wieder ihr Vorhaben überdachte, das sich während den Ermittlungen in Morcote konkretisiert hatte. Ja, sie würde endlich mutig sein und umsetzen, was sie seit Langem als Wunsch in sich trug. Sie würde ihre Stelle als Kriminalpolizistin bei der Polizei Basel-Landschaft Ende Jahr kündigen und sich im Frühling selbstständig machen. Sie würde Kollege Alex in der Liestaler Dienststelle noch eine Kusshand zuwerfen, ihre Wohnung im Arisdorfer Bauernhaus aufgeben und mit Rubio und Camper ins Abenteuer aufbrechen. Das Geschäftsmodell war klar: Keine langweilige Detektivarbeit für sie, keine Observation von Ehefrauen und Sozialhilfeempfängern. Emma übernahm bei Mord, und zwar von dauerüberlasteten Angestellten im Staatsdienst. An Emma konnte outgesourct werden, mit klar berechenbaren Kosten für den Auftraggeber. Erfolg garantiert. Emma wusste auch bereits, wie ihre Firma heißen sollte: »Tschopp & Bianchi. Für alle Fälle«. Sie hatte nur noch die Aufgabe vor sich, den Tessiner Kollegen vollends von ihrer Businessidee zu überzeugen. Einen Versuchsballon hatte sie während den gemeinsamen Ermittlungen gestartet, bei einem Glas Weißwein im Ristorante La Sorgente in Vico Morcote hoch über dem Lago di Lugano. Der Commissario hatte sich nicht abgeneigt gezeigt.

Ich habe eine Überraschung für dich, schrieb Emma deshalb an Marco per WhatsApp, den Kanal, der den Austausch zwischen Arisdorf und Lugano aufrecht hielt. Es war der 31. Dezember 2019. Der letzte Tag im Jahr schien ihr die beste Gelegenheit, um vollendete Tatsachen mitzuteilen, Neues anzugehen.

Ich für dich auch, hatte Marco geantwortet. *Wollen wir telefonieren?*

Marco überbrachte seine Überraschung als Erster. Zuerst lachte Emma, weil ihr zu absurd schien, was Marco eben gesagt hatte.

»Budapest?«, fragte sie. »Was soll ich in Budapest? Und Rubio?« Dann rief sie: »Und warum fragst du mich nicht, bevor du so etwas tust?!«

Den Rest der Silvesternacht heulte sie. Sie fühlte sich wie damals, als ihr Mann sie wegen einer anderen Frau verlassen hatte. Wegen dieser Tanja, die vom Himmel gefallen war. So hatte es Remo formuliert. Es war ihm bestimmt, mit jener Frau zusammen zu sein, nicht mehr mit Emma. Was konnte Emma gegen so viel Schicksal ausrichten? Und nun war da Budapest. Ein Jahr Hospitationsprogramm, ein Geschenk vom Himmel sozusagen, das Marco angenommen hatte.

»Ich habe für dich einen zweiten Platz ausgehandelt, Emma!«, hatte er ins Telefon gerufen. »Weiterbildung für dich und mich! Kompetenzerweiterung, networken, bevor wir unsere Firma gründen.«

Emma hatte noch immer die schmerzende Stille im Ohr, die sich zwischen Marco und sie geschoben hatte. Nachdem Emma ihrerseits ihre Überraschung verkündet hatte, halb heulend vor Wut und Verzweiflung. Dass sie ihre Stelle gekündigt hatte, ab April ohne Job war und ohne Stelle kein Hospitationsprogramm besuchen konnte. Dass sie so oder so niemals auch nur einen Tag in einer blöden Stadt wie Budapest arbeiten wollte, wegen eines Commissarios, der eben mal beschlossen hatte, ein bisschen in Ungarn zu leben. Emma hatte das Schweigen eine gefühlte Ewigkeit ausgehalten, dann die Verbindung unterbrochen und nie mehr angerufen. Sie hatte sich ins Bett gelegt und geweint. In den Wochen danach nahm sie wenig zu sich, mehr Flüssiges als Festes, und wie bei der Scheidung damals schwanden ihre Pölsterchen aus edlem Fett. Es dauerte bis weit in den Frühling, bis Emma sie sich wieder angegessen hatte, diese Materialisierung stiller Zufriedenheit mit sich und der Welt. Nachrichten aus Budapest beantwortete sie nicht. Sie wurden spärlicher, versiegten dann ganz.

Das Geschenk des Commissario hatte Emma unter dem Beifahrersitz in ihrem Bus verstaut, aus den Augen, aus dem Sinn. Ab und zu war sie versucht gewesen, es in einen der Flüsse zu werfen, denen sie auf ihren Reisen kreuz und quer durch die Schweiz begegnet war, wenn sie auf Stör zum Mosaike legen fuhr. Aber das Geschenk war unter dem Beifahrersitz liegen geblieben.

17

Jetzt rannte Emma mit dem Paket in die Dunkelheit hinaus. Sie stolperte durchs hohe Gras der Breggia entgegen, die zweihundert Meter vom Grotto del Mulino entfernt vorbeifloss. Die Sneakers waren innerhalb kürzester Zeit durchnässt. Emma versuchte, es fester zu fassen. Sie war jetzt am Kiesstrand der Breggia angelangt, als sie mit dem Fuß gegen etwas Großes, Weiches stieß und aufschrie. Das Paket fiel zu Boden. Emma fing sich, bevor sie auf dem Boden aufschlug, und blieb keuchend stehen. Da lag ein riesiges Tier. Die Umrisse waren im Dunkeln nur schwer zu erkennen. Emma tastete nach dem Handy. Sie brauchte Licht. Aber sie hatte kein Handy dabei, bloß dieses verdammte Paket und den Autoschlüssel. An wilde Tiere im Dunkeln hatte sie in ihrer Wut nicht gedacht. Sie stupste das Ungetüm mit dem Fuß an und zuckte zusammen, als es sich aufrichtete. Ein riesengroßes Tier. Nein, kein Tier, das war ein Mensch. Ein Mann.

»*Madonna!*«, schrie Emma auf. »Was tun *Sie* denn hier?«

18

Frena klickte sich durch gesunde Cupcake-Rezepte, als sie aus dem Erdgeschoss eine Männerstimme hörte. Wenige Worte nur drangen zu ihr hoch, aber dem Klang nach war klar: Da befand sich ein männlicher Gast bei Emma. An einem Montagabend um zehn? Das war neu. Emma hatte noch nie einen Mann zu Besuch, mit Ausnahme ihres Vaters. Frena war schon mehrmals versucht gewesen, Fragen zu stellen, hatte sie aber heruntergeschluckt. Ein heikles Terrain, das war in Emmas Augen zu lesen. Insbesondere dann, wenn Frena mit Freude Erinnerungen an den September 2019 aufleben ließ. Als Frena mit Emma und einem echten Commissario zusammenarbeiten durfte, noch dazu einem so attraktiven, klugen und bescheidenen Mann. Marco Bianchi war ein Wesen wie erfunden, so makellos. Aber Frena wurde zum Schweigen gebracht. Selbst Emmas Gedanken blieben ihr verborgen, was außergewöhnlich war. Denn Frena hatte die Gabe, Gedanken zu lesen. Nicht wortwörtlich natürlich, es bewegten sich keine Buchstaben über ein Display auf der Stirn des Gegenübers. Nein, Frena kombinierte Worte, Gesten und Gefühle, Gerüche gar, die ihr übermittelt wurden. Das geschah ganz von selbst, ohne dass Frena es darauf angelegt hätte. Früher hatten Freunde ihr geraten, daraus ein Business zu machen. Aber Frena verwarf diesen Gedanken jedes Mal, wenn er wieder aufkam. Was, wenn sie Zeichen falsch las, ihre Kundschaft täuschte, zu Fehlentscheidungen verleitete? Ihre Fähigkeit verlor? So blieb Frena dabei: Sie kombinierte im Stillen für sich.

Jetzt leuchtete ein Anruf von Emma auf.

»Ja, Emma, was ist los?«

»Frena, kannst du bitte in die Küche herunterkommen? Da ist jemand, der sich bestimmt sehr über deine Semmelknödel freuen würde. Ich gehe schlafen.«

Nun saß Frena mit dem späten Gast in ihrer Küche. *Il folle*, den Spinner, nannten ihn alle im Tal, die ihn je gesehen hatten, auf verborgenen Pfaden in Wäldern oder in Nischen kauernd. Manchmal stieg Rauch von Bergwiesen auf, wo keine Alphütten standen. Manchmal erschallte ein Gelächter von einem Grat hoch oben, wo keine Menschenseele wohnte. Die Mütter warnten ihre Töchter vor dem Mann. Jede Interaktion mit ihm war verboten, sich allein in die freie Natur zu begeben sowieso. Man wusste nie, wozu so einer fähig war. Der Spinner war einer von denen, die durchs Auffangnetz der Gesellschaft gefallen waren, die Gründe kannte niemand. Es schien, als ob er schon immer da gewesen wäre. Sein Name war nur wenigen bekannt. Niemand interessierte sich dafür, allenfalls die Behörden, aber auch die nicht wirklich. Beim Spinner war nichts zu holen. Er hielt sich vorzugsweise ganz oben im Valle di Muggio auf, beim Roccolo in Scudellate, dem ehemaligen Vogelfängerturm. Einige munkelten, er hätte sich dort unrechtmäßig eingenistet. Aber der Arm des Gesetzes reichte nicht so weit oder hatte Wichtigeres zu tun, als gescheiterte Existenzen zu verfolgen. Der Spinner ernährte sich von dem, was die Natur hergab. In einem Supermarkt wurde er nie gesehen. Er schlug sich anderweitig durch. Aber wie? Das fragte sich Frena, die bisher bloß vom Spinner gehört hatte und nun einen großen, breiten Mann mit wettergegerbtem Gesicht vor sich hatte.

»Sebastian Bart«, hatte Emma gesagt und danach auf Frena gezeigt, bevor sie mit Rubio in ihrer Wohnung verschwunden war. »Frena Lehner, die beste Köchin der Welt.«

Der Mann aß gerade seine dritte Portion. Er verschlang die Semmelknödel mit einer Konzentration, als würde einzig dieser Teller auf der Welt existieren und die Aufgabe dazu, die Bällchen möglichst unzerteilt in den Magen zu befördern. Frena versuchte, nicht unhöflich zu starren. Er hatte sich aus einem ehemals gediegenen Wollmantel geschält, nachdem sie ihn freundlich aufgefordert hatte, es sich doch bequem zu machen. An diesem Körper schien kein Gramm Fett zu sein, bloß Muskeln und Sehnen, dank viel Bewegung optimal ausgebildet. Einen unangenehmen Geruch verbreitete er, der nicht zum edlen Mantel passte, und um den Hals trug er eine Kette, die Frena seltsam anmutete.

»Essen Sie«, sagte Frena und lächelte, als der Mann sich beim Essen unterbrach und den Kopf hob. Seine Augen waren hellblau, schön eigentlich, aber so kalt im Ausdruck, dass ihr ein Schauer über den Rücken lief. Schwarze Haare schauten unter einem verfilzten Hut hervor. Auch das Hemd schien unpassend für ein Leben in freier Natur. Die Flecken hingegen erzählten davon, dass es schon einiges mitgemacht hatte. Die Hose blieb unter dem Tisch verborgen. Das war Frena gerade recht.

»Es gibt noch mehr davon.«

Der Mann hielt abrupt in seiner Bewegung inne, die Gabel verharrte auf dem Weg zum Mund. Dann klirrte es, und Frena zuckte zusammen. Die Gabel war auf den Tellerrand aufgeschlagen, ein Knödel lag auf dem Tisch, Pilzsoßenspritzer verteilten sich rundum. Der Mann fixierte sie mit seinen kaltblauen Augen, was Frena davon abhielt aufzustehen. Dabei wollte sie einen Lappen holen, die Schweinerei wegwischen, den Mann höflich, aber bestimmt ihrer

Küche verweisen. Aber ihr Mund war wie zugeklebt. Sie saß da und sah ihm zu, als er sie endlich aus seinem Blick befreite, sich erhob, den Mantel vom Stuhl riss, mit wenigen Schritten bei ihr war und sich über sie beugte.

»Mehr.« Sein Atem roch nach Pilzen. »Immer noch mehr. Aber ohne mich.«

Er hatte braune Zähne und in den Zwischenräumen Reste von Semmelknödeln kleben, als er sie anlächelte.

»Auch wenn du ein süßes, kleines Säugetierchen bist.«

Seine Halskette streifte ihre Wange. Einen Moment lang schien ihr, seine große Hand würde nach ihrer Kehle greifen. Schweiß brach ihr aus allen Poren.

»Und kochen kannst du tatsächlich.«

Frena schloss die Augen, um den Knödelteig zwischen den Zähnen nicht mehr sehen zu müssen. Später, als Frena sich die Szene in der Küche wieder und wieder vor Augen führte, konnte sie nicht mehr mit Sicherheit sagen, ob der Mann wirklich kurz ihre Kehle umfasst hatte. Sie wusste bloß noch, dass sie aus der Starre hochschreckte und die Augen aufriss, als etwas knallte. Die Eingangstür war ins Schloss gefallen. Der *folle* war weg, nur die Soßenspritzer auf dem Tisch und sein Geruch waren noch da. Feuchte Kleider, kalter Schweiß, Urin. Dazu etwas, das nach Verwesung roch.

Am nächsten Morgen leuchtete der Himmel wolkenlos blau über dem Valle di Muggio. Es war Dienstag, der 4. Mai 2021. Beim Roccolo di Merì war die Maus bereits unterwegs. Sie wuselte rund um den Turm, verschwand kurz in Mauerritzen, kam wieder hervor. Reckte dem Bussard, der über dem Turm kreiste, keck die Schnurrhaare entgegen. Sie rannte ohne schützende Baumkronen auf dem Trampelpfad den Hang hoch, immer auf der Hut, das nächste Loch rechtzeitig zu erreichen, ihr Leben zu retten. Dort unter dem Strauch lag keine Brotkrume mehr. Vor dem kleinen Stall saß Sebastian Bart, neben sich ein Feuer, das vom feuchten Holz rauchte. Ab und zu stocherte er mit einer Gabel im blechernen Topf, der über der spärlichen Flamme hing. Wenn der Wind drehte, setzte er sich auf die andere Seite des Feuers und sah den farbigen Federchen nach, die über die Alpwiesen trieben, vom Morgenwind hochgewirbelt und lustig kreisend. Ab und zu hob er den Kopf und schickte ein Lächeln zum Himmel hoch, der Sonne entgegen, die den Speichel auf seinen braunen Zähnen glänzen ließ. Dann zog er ein Handy aus seiner Manteltasche und begann zu tippen.

Unten im Tal brachte der Morgenwind bunte Tücher in Bewegung. »*Benvenuto*!« stand auf jedem in großen Buchstaben geschrieben, und die Fläche rundum war von Kinderhänden mit Fingerfarben üppig bekleckst. Die Fahnen waren entlang dem Fußweg aufgestellt, der vom Tagesheim »Asilo Nido del Mulino di Morbio Inferiore« zur ehemaligen Zementfabrik Saceba führte. Emma und Frena hatten sich dort einen Open-Air-Platz für die Aufführung ihres Theaters erobert. Er lag bloß einhundertfünfzig Meter vom Tagesheim entfernt, war von Industriecharme begleitet und bot alles, was sie brauchten.

»Signora Emma!«, brüllte es nun von der Bühne her. »Signoooraaa!«

Emma fuhr damit fort, die Tische für den Apéro aufzubauen, den sie nach der Premiere heute Abend servieren wollten. Ein Apéro riche musste es sein, darauf hatten Frena und die Kinder bestanden. Emma hielt inne und wandte der wärmenden Sonne ihr Gesicht zu. Sie hatten Wetterglück. Die »Bühne« lag erhöht, die Oberfläche bestand aus Gras und Steinchen. Davor breitete sich eine große Kiesfläche für das Publikum aus. Emma hatte zusammen mit Davide Paletten organisiert, zu einer Tribüne gestapelt und mit Teppichen belegt, den besten, die sie im Brockenhaus von Balerna finden konnte. Das Publikum war angehalten, Kissen und Decken mitzubringen, falls es gegen Abend kühler werden sollte. Es war Davide gewesen, der angeregt hatte, den Ort für ein Theater zu nutzen. Das Gelände würde sich geradezu anbieten, bespielt zu werden. Frena und Emma gefiel die Idee. Von der Bühne her erklang nun das Intro, mit Kraft und Freude von zwölf Kindern gesungen. Emma fuhr eine Gänsehaut über den Rücken. Es war anstrengend gewesen, dieses Stück gemeinsam zu erarbeiten. Wie viel Zappeln und Zaudern bei den Kindern, wie viel Ungeduld bei ihr, wenn die einen nach fünf Minuten bereits unkonzentriert wurden. Wenn die anderen kaum einen Fuß vor den anderen zu setzen wagten, kein Wort hervorbrachten, das für die anderen hörbar war. Und dann die Wunder, die geschahen, wenn sie zusammen sangen, tanzten oder auf Kessel, Brust und Oberschenkel klopften. Die Kinder erfanden wilde Wörter und nahmen sie zum Anlass für Geschichten, komponierten mit Flusskieseln Bilder, machten Musik. Ein Experiment führte zum nächsten. In unzähligen Stunden wurde geübt und geschliffen, aus Einzelteilen ein für alle stimmiges Stück gefügt. Die Kinder hatten Plakate gemalt und Morbio Inferiore damit zugepflastert, zudem Flyer verteilt. Sie hatten ihre Verwandten davon überzeugt, das Ereignis des Jahres zu verpassen, wenn sie sich nicht an mindestens einem der drei Aufführungsabende bei der Zementfabrik einfanden. Die vorletzte Probe ging nun unter strenger Anleitung von Frena über die Bühne. Für den Nachmittag war die Generalprobe angesagt, ein Durchgang ohne Unterbrechung. Mit Publikum selbstverständlich, damit die Künstlerinnen und Künstler sich daran gewöhnen konnten. Die Kinder hatten gekreischt vor Nervosität und Freude. Die dritte Klasse der Grundschule von Morbio Inferiore würde da sein. Zur Vorstellung morgen Vormittag waren die Bewohnerinnen und Bewohner des Altersheims Fondazione San Rocco eingeladen, zumindest all jene, die sich kräftig genug für einen Ausflug fühlten. Die Abendvorstellungen waren ausgebucht, erst heute früh hatte Emma den allerletzten Platz für morgen vergeben. Emma durchzuckte es warm, wenn sie an die Nachrichten dachte, die seit gestern Nacht zwischen Marco Bianchi und ihr hin- und hergegangen waren. Ein Mal pro Stunde versicherte sie sich mit einem Blick auf den Bildschirm, dass sie nicht geträumt hatte. Aber konsequent war das nicht. Nein, konsequent war sie wirklich nicht.

Rubio versuchte, den Staub von Jahrzehnten zu ignorieren, der in seiner Nase kitzelte. Emma hatte ihn
angewiesen, sich auf dieses Ding hier zu setzen. Er mochte
keine Teppiche. Teppiche stanken. Emma hatte keine Ahnung davon, was sich in diesen Dingern alles einnistete.
Stunden würde er brauchen, sein Fell wieder zu säubern.
Sich die Zunge wund reiben, um jedes fremde Haar zu ent-
fernen, das sich verfangen hatte. Und erst die Spinnentiere,
tot oder lebendig, die nun an ihm klebten. Igitt. Hinzu
kam das Halsband, das er seit heute früh tragen musste.
Nicht dass Rubio etwas gegen ein Halsband hätte. Wenn
er sein Halsband umgelegt bekam, war klar, was folgte: ein
Spaziergang mit Emma. Ein Spaziergang war, gleich nach
Fressen und Schlafen, die Lieblingsbeschäftigung im Leben
von Rubio. Aber das hier war nicht *sein* Halsband. Rubio
konnte es riechen. Er wusste genau, woher er diesen Geruch kannte. Von Sommernächten unter freiem Himmel,
damals, als Emma vergessen hatte, ihn hinter den Ohren
zu kraulen. Weil einer da war, der über Sterne geredet und
ein Feuer entfacht hatte, das Rubios sensible Sinne reizte.
Sein neues Halsband war von *diesem* Mann. Rubio wettete
zehn getrocknete Schweineohren darauf. Und er würde
eine dieser zähen Ratten hier am Stück schlucken, wenn
er sich täuschte: Das Ding, das seit gestern über Emmas
Cheminée thronte, roch ebenso. Was nicht zu Rubios Be-
ruhigung beitrug. Nicht im Geringsten.

Teil 2

Kalt war es hier unten, sechs Meter unter der Erde. Ein Kühlschrank, das war es, in der Tat, von klugen Alphirten erfunden. Sie fröstelte, aber ihre Anna störte das nicht. Eine schützende Hülle umgab sie, ein paar Quadratmeter glänzender Kunststoff, wasserfest, zweckentfremdet. Der Sack war dazu gedacht, Menschen bei lebendigem Leib einzusperren. Solche, die das aus freiem Willen geschehen ließen, weil ihnen festgezurrte Arme und Beine, Textil oder Kunststoff über Augen und Ohren gefielen. Nur zum Atmen waren zwei Löcher vorgesehen. Nie im Leben hätte Anna so etwas gewollt, aber Anna brauchte ihre Sinne nicht mehr. Ihre Anna war tot. Nierenversagen, nach ein paar Tagen ohne Wasserzufuhr. Herz, Hirn und Lungen zerstört, der Atem stillgestanden. Annas Seele schrie auf. Aber ihr Gebrüll verhallte wie immer ungehört. Es bewirkte bloß ein feines Vibrieren in Annas Leib. Wie Annas Seele sich danach sehnte, diesen Körper endlich verlassen zu können. Aber nicht einmal das gelang ihr. Sie blieb ohnmächtig gefangen in dieser Frau, bereits zu Lebzeiten und jetzt noch im Tod. Was hatte sie alles versucht, um Anna aufzurütteln. Jedes Mittel war ihr recht. Sie hatte Anna getreten und gepiesackt. Sie hatte an Annas Nerven gezerrt, ihr ins Gewissen geredet, gedroht und gebettelt. Ängste geschürt, gebissen und gekratzt. Sie hatte ihr das Schlimmste ausgemalt, als Anna noch hätte aufstehen und gehen können. Aber Anna war geblieben.

2

In ihren letzten Tagen war Anna an ihr Lager gefesselt, wie man sagte, bloß ohne Fesseln. Die waren nicht notwendig, Anna rührte sich auch so nicht. Ein fadenscheiniges Laken bedeckte sie. Mehr als eine Schicht Baumwolle ertrug sie nicht mehr. Still lag Anna da, grau im Gesicht, blaugrün unter den geschlossenen Lidern. Die Augäpfel waren zu großen Kugeln geworden, die Lippen zu einer Kraterlandschaft. Es gab kein Wasser, das sie benetzte, geschweige denn durch Annas trockene Kehle rann. Nichts, was Anna kauen konnte. Anna zauberte aus dem Gedächtnis in wilder Reihenfolge all das herbei, was Anna so gerne mochte: Nüsse und Trauben, Mohnbrötchen, Spaghetti vongole, Quiche Lorraine. *Jus de pomme* in Flaschen, frisch gepresst, ein Glas voll in Reichweite von Anna. Es blieb jedoch bei der Vision. Nach ein paar Sekunden löste sich auch die auf. Anna glitt mit der Zunge über die Lippen. Risse wie Krater waren da und im Hals ein Feuer, das sich nicht wegschlucken ließ. Wasser brauchte sie, literweise wollte sie es in sich hineinschütten. Nur schon für ein paar Tropfen wäre sie dankbar gewesen. Und ein bisschen etwas gegen den Hunger sehnte sie herbei. Rüben, weich gekocht oder zu Brei gemixt, mit Butter versetzt. Kartoffeln mit Sellerie oder Fenchel wünschte sie, von liebevoller Hand Löffel für Löffel in ihren geöffneten Mund geschoben. So, wie es ihr Mörder früher getan hatte, als alles noch gut war.

3

Anna wartete vergeblich auf eine helfende Hand, ihre Speiseröhre zum Magen war nutzlos geworden. Anna spürte sie nicht mehr. Kein einziges Aufstoßen. Der Magen verdaute sich selbst. Er brüllte eine Weile, dann verstummte er. Die Därme wanden sich nur wenig. Sie gaben widerwillig her, was noch da war. Anna lag im eigenen Kot. Bis sie sich daran erinnerte, dass sie Muskeln besaß, an den Beinen und Armen, im Rücken, dem Nacken und den Händen. An den Füßen. Nervenstränge kamen dazu und ein Hirn, das Befehle erteilen konnte. Ganz langsam drehte Anna sich von den nassen Flecken weg auf die Seite. Ihr Beckenknochen bohrte sich in ihr Lager, die Haut am Hintern war wund gelegen.

4

Manchmal geriet Annas Mörder in Versuchung. Manchmal erwog er, Anna ein wenig Linderung zu verschaffen. Er schalt sich jeweils für solche Schwäche. Annas Seele konnte sein tägliches Mantra hören. Nichts mehr würde er für Anna tun. Niemals mehr würde er auch nur einen Finger für sie rühren. Sie hatte ihn hintergangen, nach so vielen Jahren Gemeinsamkeit. Sie hatte verdient, was sie nun erhielt. Nichts.

»Verräterin!«, brüllte der Mörder.

Immer schon, wenn ihr Mörder laut wurde, hatte sich Anna geduckt und die Hände vor das Gesicht gehalten. Es half nichts. Wenn er wütend war, packte er sie an den Schultern, stemmte sie in die Höhe und schüttelte sie, dass Kopf und Glieder schlackerten. Wenn er sie danach zu Boden fallen ließ, gab es einen dumpfen Knall.

»Anna!«, brüllte ihre Seele immer wieder, als Anna noch gehen konnte. »Auf! Geh! Hau ab!«

Aber Anna hielt sich bloß die Ohren zu.

6

Jedes Mal, wenn Annas Kopf auf dem Boden aufschlug, zuckte ihr Mörder zusammen. Sein Herz begann zu rasen. Er ließ sich auf die Knie nieder, beugte sich über die reglose Gestalt. Anna atmete noch, sah ihn durch halbgeschlossene Lider an. Ihre Augen glitzerten. Tränen flossen über ihre Wangen. Er wischte sie weg, mit zitternden Fingern. Anna ließ es geschehen, und er streichelte sie immer weiter, Annas weiche Haut, die nicht trocken wurde. Ihre Tränen flossen ohne Unterlass, oder waren es seine?

»Es tut mir leid«, flüsterte er. »Es tut mir so leid, liebe Anna.«

7

In ihren letzten Wochen atmete Anna stickige Luft. Für ein paar Sekunden hin und wieder war da ein Spalt, durch den frische Luft hereinströmte. Dafür sorgte ihr Mörder. Ansonsten hielt er für Anna die Fenster geschlossen. Geräusche quälten sie. Automotoren, Stabmixer, Hupen. Kirchenglocken, Kindergeschrei. Bei bellenden Hunden zitterte sie. Bei Musik legte Anna die Hände an die Ohren. Was für normale Menschen kaum hörbar war, war für sie gerade erträglich. Stimmen erschreckten sie, Pfiffe, Baumaschinen. Anna wollte bloß ihre Ruhe, und ihr Mörder tat alles dafür, dass sie ihr gewährt wurde.

Er besuchte sie täglich. Er ertrug den Gestank von Annas Schweiß, der aufgewärmt wurde, wieder und wieder, tagsüber und in Nächten mit schweren Träumen. Auch ihre Hautschuppen machten ihm nichts aus. Sie hatten sich in einer feinen Schicht auf den Boden gelegt. Sie waren Erinnerungen an Zeiten, in denen Anna noch hin- und herging, auf wenig Raum. Anna wünschte nicht mehr. Geborgenheit war alles für sie. Er schenkte sie ihr gerne. Umso mehr traf ihn Annas Verrat.

9

Anna war einfach aufgebrochen, ohne jedes Anzeichen im Vorfeld. Warum? Er hatte gebrüllt, um sie zu einem Geständnis zu bewegen. Anna hielt sich bloß die Ohren zu. Er hatte sie geschüttelt, damit sie redete. Aber sie schlenkerte bloß mit Armen und Beinen. Sie nickte und sagte nichts. Sie war eine Puppe. Er ließ sie liegen. Sollte sie weinen, endlos. Das kümmerte ihn nicht mehr.

Nachts lag er wach. Seine Gedanken kreisten. Anna wollte weg von ihm. Was wäre geschehen, wenn sie hätte weitergehen können? Wenn er sie nicht aufgehalten hätte? Wenn er nicht genau dann da gewesen wäre, um sie dahin zurückzuführen, wo sie hingehörte? Hatte Anna einen Plan? Er wusste es nicht. Aber sie war zu weit gegangen. Sie hatte ihn missachtet. Sein Vertrauen verspielt. Alles Gemeinsame zerstört. Jede Nacht quälte er sich. Er weinte über seinen Entschluss. Aber es blieb nur dieser eine Weg für sie beide. Zum Wohl von Anna, denn nichts anderes wollte er: das Beste für sie.

11

Das alles wiederholte er in den letzten Wochen, wenn er bei Anna saß. Er strich ihr über den Arm. Er schnitt ihr die Fuß- und Fingernägel. Er mochte ihre Fuß- und Fingernägel, die feinen weißen Sichelchen. Sie würden noch da sein, wenn Anna längst weg war. Sie würden als letztes leibliches Zeugnis von Anna bleiben. Er drückte sanft Annas knochige Finger, suchte ihren Blick. Aber Anna versteckte sich hinter geschlossenen Lidern.

12

Manchmal machte ihn Anna rasend.

»Hör auf mit diesem Spiel!«, brüllte er. »Schau mich an!«

Annas Augenlider zuckten nur.

»Rede mit mir!«

Viel geredet hatte Anna auch früher nie. Anna und er brauchten nur wenige Worte. Aber jetzt sagte sie nichts mehr.

13

Manchmal weinte er, wenn er sie so liegen sah.
»Bleib noch ein bisschen bei mir«, flüsterte er.
Dann lachte er. Jetzt blieb sie sicher bei ihm. Wohin sollte
sie so noch gehen können? Er lachte, bis er weinen musste
wegen seiner Anna. Und jetzt war sie bloß noch Materie,
die sich viel Zeit beim Verfall ließ.

14

Und was tat Annas Seele? Gegen den Mörder war sie machtlos. Nichts konnte sie ausrichten, und gegen Anna hatte sie längst verloren. Ihre einzigen Beiträge waren Visionen von Nüssen und Trauben, Mohnbrötchen, Spaghetti vongole, Quiche Lorraine. Ab und zu schaffte sie es, ein paar Bläschen vom *jus de pomme* in Annas Träume hinüberzuretten. Wenn sie dort prickelnd über Annas Zunge glitten, ließen sie eine Erinnerung aufblitzen, grell und gestochen scharf. Sie zeigte Anna, als sie noch Anne-Catherine hieß und ein kleines Mädchen im Süden Frankreichs war, mit blonden Locken auf dem Kopf und Holzzoccoli an den Füßen. *Sabots* hießen sie dort in Corbès. Auf dem heißen Asphalt, wenn Anne-Catherine die Straße zu Alices Zuhause rannte, hörten sie sich schön an. Bei Alice gab es eine Mutter, die Butterbrote mit Zucker bestreute und eins davon Anne-Catherine reichte, ein Glas Apfelsaft dazu. Corbès an sich war nicht weiter bedeutend. Keine berühmten Käsesorten und Gourmetreisenden, die dort verweilten, keine Baudenkmäler zum Bestaunen. Ein paar Häuser verstreut, eine *mairie* einsam am Sträßchen. Unten am Fluss ein Campingplatz und in den Hügeln rundum Wildschweine, die nachts umpflügten, was ihnen unter die Schnauze kam. Eine Eisenbahn mit Dampflokomotive, die an Corbès vorbeifuhr und schwitzende Touristenfamilien über Brücken beförderte, von Städtchen zu Städtchen. Die Orte sahen alle gleich aus. Trikolore vor der *mairie*, Eisdielen, alte Männer mit Boule-Kugeln im Baumschatten auf Mergelplätzen, die nach Hundescheiße rochen. Ein

Butterbrot mit Zucker reichte. Mehr Erinnerung wollte Anna nicht.

In ihren letzten Wochen aber explodierten die Apfelsaft-
bläschen auf Annas Zunge. Sie versetzten Anna nach
Corbès zurück. Im Traum war sie Anne-Catherine. Das
Blond ihrer Locken war dunkler geworden. Sie arbeitete
bei der Familie, die den Campingplatz in Corbès betrieb.
Im Traum fuhr sie mit einem sirrenden Elektrowägelchen
den endlosen Parzellen entlang und sammelte ein, was die
Gäste liegen ließen. Plastikbecher, PET-Flaschen, Gummi-
schuhe, Bierdosen. Grillroste, Socken, trockenes Brot. Anne-
Catherine sammelte, und während sie fuhr, fiel alles wie-
der vom Wagen. Die Gäste sahen zu und lachten, während
Anne-Catherine mit ihren zehn Fingern vergeblich zusam-
menzuraffen versuchte, was da lag, PET-Flaschen, Brot und
Bierdosen, Grillroste, Socken. Bis sie vom eigenen Schrei
erwachte.

Ihr Mörder zuckte zusammen, wenn Anna schrie. Egal, wo er sich befand. So stark war er ihr verbunden. Keine Distanz konnte Anna und ihn trennen. Das machte ihn zuversichtlich. Auch über ihren Tod hinaus würde sie bei ihm bleiben.

Auch als Anna noch Anne-Catherine war und in Corbès wohnte, schrie sie nachts im Schlaf. Sie wohnte in der Rue Le Bruguier. Dort im Haus hörte sie keiner. Ihre Eltern waren mit Anne-Catherines Bruder beschäftigt. Der Bruder hatte seinen besten Freund in jenem Sommer getötet, als Anne-Catherine achtzehn wurde. Er führte den Freund an den Fluss hinunter, da hin, wo keine Touristen die Kiesbänke des Gardon de Saint-Jean besuchten. Er zog die Pistole, zielte und traf mit einer Kugel, sie war tödlich. Aus Eifersucht, sagten die einen im Dorf. Wegen Geld, sagten die anderen. Die dritten wussten, dass der Junge schon immer böse war. Die vierten flüsterten sich Geschichten von den lasterhaften Eltern ins Ohr. Jeder sah weg, wenn Anne-Catherine durch die Straßen von Corbès ging. Im Rücken trafen sie halblaute Worte wie Steine. Spucke und Rotz wurden gezielt platziert, ein paar Schritte hinter ihr. Sie hörte alles. Selbst wenn sie sich in ihrem Zimmer hinter das geschlossene Fenster verzog, später die Läden vorschob. Das Raunen und Zischen blieb im Hirn von Anne-Catherine gespeichert.

Im Stockwerk unter Anne-Catherine kämpften der Vater und die Mutter. Sie schlugen sich mit Sätzen. Der Vater nahm manchmal die Faust dazu, wenn die Worte fehlten. Wer trug die Schuld? Wer hatte dazu beigetragen, dass aus ihrem hübschen Bub ein Mörder wurde? Anne-Catherine hörte Schreie und Schläge, schwitzend im Bett liegend, den Kopf unter dem Kissen. Manchmal sang sie. Die Melodie vertrieb das Raunen und Zischen im Hirn. Wenn sie heftig genug intonierte, übertönte sie den Vater und die Mutter. Nach den lauten Nächten setzte sie sich frühmorgens aufs Fahrrad und fuhr auf den Campingplatz zur Arbeit. Unterwegs machte sie einen kurzen Halt. Sie hörte den Vögeln zu und sprach mit ihnen, weil es so schön war, mit jemandem zu reden.

»Guten Morgen, Vogel, bist du auch schon wach?« Und: »Es wird regnen heute.« Oder: »Du warst letztes Mal nicht hier.«

Während der Arbeit sagte Anne-Catherine nichts mehr. Sie fuhr mit dem Elektrowägelchen von einer sanitären Anlage zu nächsten, schrubbte Toilettenschüsseln und spritzte Duschkabinen aus. Achtete auf halblaute Worte in ihrem Rücken und auf Rotz, für sie gezielt platziert. Aber auf dem Campingplatz wohnten Gäste, die bloß baden und grillen wollten. Sie hatten mit sich selbst genug zu tun. In der Sonne liegen, essen, Kinder betreuen. Gelächter und Gegröle am Abend, wenn eine lokale Band für Stimmung sorgte. Den Kater ausschlafen am Morgen, bis es zu heiß wurde. Von Anne-Catherine wussten die Gäste bloß, dass sie beim Putzen lästige Tafeln vor die Tür stellte: »Toilette geschlossen«. Böse Blicke erntete Anne-Catherine von den Frauen, begehrliche manchmal von den Männern. Sonst nichts.

19

Für die freien Mittagsstunden fuhr Anne-Catherine mit dem Fahrrad nach Hause. Sie stieg in ihr Zimmer hoch, legte sich ins Bett. Schmiegte ihre erhitzten Wangen ins kühle Kissen. Der Vater und die Mutter waren nicht zu Hause. So still war es, dass Anne-Catherine schlafen konnte, zwei Stunden oder länger, tief und ohne Stimmen im Hirn. Ein Gepolter von unten ließ sie aufschrecken, ein lauter Wortwechsel. Sie schlich die Treppe hinunter, aus dem Haus und zum Fahrrad. Als ob jemand darauf achten würde, ob sie da war oder längst weg. Sie fuhr zur Abendschicht auf den Campingplatz. Ihr Arbeitsplatz war ganz hinten in der Restaurantküche. Sie frittierte Kartoffelstängel goldbraun und arrangierte sechs Salatsorten zu Bouquets. Nur die bunten Teller und sie waren da, dazu das vertraute Brodeln von heißem Öl. Die anderen Angestellten mussten vorne mit den Gästen reden, sie durfte im Hintergrund schweigen.

»Du musst einen Beruf erlernen«, sagten der Vater und die Mutter, als sie noch mit Anne-Catherine redeten. »Du kannst nicht ein Leben lang Hilfskraft bleiben.«

Das lange Leben interessierte Anne-Catherine wenig. Tag für Tag war genug, und vorerst reichte der Job von der Pächterin des Campingplatzes, die sie zum Putzen und Frittieren brauchen konnte.

Es tut mir leid, Anne-Catherine«, sagte die Pächterin vom Campingplatz am Ende der Saison. »Aber du weißt schon.«

Es war der Herbst nach dem Sommer, in dem Anne-Catherines Bruder zum Mörder wurde. Sie durfte nicht mehr auf dem Campingplatz arbeiten. Wegen einem Gast, der mehr als bloß baden und grillen wollte. Wegen einem, der Dörfer und Städtchen rundum besuchte und mit den Leuten von hier ins Gespräch gekommen war. Bald war die Rede vom Ereignis an den Kiesbänken des Gardon de Saint-Jean, da, wo kein Tourist hinkam. Wo geschossen wurde, am helllichten Tag, Blut in Strömen aus Wunden floss, sich das Wasser rot färbte. Und wer war der Täter? Der Gast riss entsetzt die Augen auf. Ein Kind beinahe noch, Sohn rechtschaffener Menschen. Arme Eltern. Wer wollte Vater und Mutter von einem Mörder sein?

»Und das ist seine Schwester«, raunte der Gast seinen Nachbarn zu, als er wieder auf dem Campingplatz war und grillte.

»Ihr Bruder ist ein Mörder«, sagten die Nachbarn zu denen, die nach ihnen die sanitären Anlagen benutzten. Sie standen und starrten, während Anne-Catherine Kotspuren aus den Kloschüsseln kratzte.

»Die dort hinten!«, riefen die Gäste abends im Restaurant und zeigten nach hinten in die Küche. »Die gehört weg von hier!«

Anne-Catherine ließ einen vollen Teller fallen, dass der Boden von sechs Sorten Salat bedeckt war.

»Weg von hier!«, grölten die Gäste, während Anne-Catherine Soße und Salate auf eine kleine Schaufel schob, mit Scherben vermischt.

21

Als Anne-Catherine nicht mehr auf dem Campingplatz arbeiten durfte, blieb sie einen Winter und ein Frühjahr in ihrem Zimmer im Haus an der Rue Le Bruguier. Sie schmiegte ihren Kopf ins Kissen und schlief. Oder sie sah den farbigen Mustern zu, die sich an der Decke über ihr zu immer wieder neuen Bildern formten. Angenehm still war es geworden in Anne-Catherines Hirn, kein Raunen und Zischen mehr, kein Grölen und Gelächter. Ihre Glieder wollten nichts tun außer liegen. Mit Mühe erhob sie sich manchmal und ging ein paar Schritte, aber nur dann, wenn die Leute in den Häusern waren, bloß noch Hunde durch die Sträßchen streunten. Manchmal stürzte sie sich auf Essensreste, die in der Küche unten standen. Der Vater und die Mutter schauten kurz hin, wenn ihre Wege im Haus sich kreuzten, dann schnell weg. Was sollten sie mit diesem Schattenwesen anfangen, das stumm und bleich durch den Korridor schlich? Manchmal wollte der Vater die Mutter ermahnen, sich um die Tochter zu kümmern. Aber dann hörte er seine Frau sagen, dass die Tochter genauso seine Tochter war. Er hörte bereits in Gedanken das Gezeter. Wollte er die Ruhe stören, die endlich in seinem Haus eingekehrt war? Die Einigung gefährden, die sie gefunden hatten? Den missratenen Sohn hatten sie aus dem Herzen ausgesperrt, und wehe, die Brut würde sich je wieder im Dorf sehen lassen. Der Vater würde den Verbrecher eigenhändig vertreiben, das ließ er alle in Corbès wissen. Der Sohn war *définitivement* gestorben für die geplagten Eltern. Der Vater konnte wieder aufrecht durchs Dorf gehen. Niemand wagte mehr, ihn zu schmähen, einige grüßten mit Achtung: Recht so, das Böse musste gebannt, die Liebe geopfert werden. Hin und wieder, wenn der Vater die Tochter sah, erinnerte sie ihn daran, dass er einen Sohn hatte, der jetzt tot war.

Als Anne-Catherine ging, hinterließ sie eine Notiz. Falls doch irgendwann jemand bemerkte, dass sie weg war. An jenem Tag feierte sich die Nation gerade selbst. Trikoloren hingen in Reihen von Haus zu Haus und über Straßen gespannt. Böllerschüsse knallten. Erste Raketen stiegen in den Himmel, versprühten ihren Feuerregen ungesehen im hellen Sonnenlicht. Anne-Catherine hastete die Straße entlang, erschreckte sich bei jedem Knall. Die eine Hand presste sie ans Ohr, in der anderen hielt sie eine kleine Reisetasche, die gegen ihr Knie schlug. Drei Blusen, zwei Röcke, Unterwäsche, drei Hosen, ein paar Schuhe.

»Nur das Nötigste«, hatte Alice gesagt. »Wir leben dort mit wenig.«

Alice wartete im Haus ihrer Mutter, wie früher, als Anne-Catherine zu Alice rannte, *sabots* an den Füßen, die auf dem heißen Asphalt klapperten. Die Mutter von Alice hielt Brote für die Reise bereit. Sie umarmte auch Anne-Catherine, bevor Alice und sie ins Auto stiegen. Anne-Catherine weinte, obwohl sie sich auf die Fahrt freute.

23

K omm mit mir«, hatte Alice gesagt, als Anne-Catherine vor der Kirche zufällig auf sie traf, spät abends, als außer ihnen bloß noch Hunde draußen waren. »Dort ist es besser als hier.«

Alice sah nicht mehr wie das Kind aus, das Anne-Catherine kannte. Alice trug Zöpfchen wie eine Frau aus Afrika und Ketten um den Hals, die klimperten, wenn sie mit Mund und Händen redete. Sie redete viel. Anne-Catherine hörte nur halb zu, weil ein Gedanke sich fix in ihr festzusetzen begann: Sie würde mit Alice dahin fahren, wo es besser war. Zwei Tage später saß sie neben Alice auf dem Beifahrersitz, die Häuser und Felder flogen an ihnen vorbei. Alice steckte sich eine Zigarette nach der andern an, redete und rauchte. Wenn sie den Stummel aus dem offenen Fenster schnippte, ließen sich Ascheflöckchen auf Anne-Catherines Knien nieder. Anne-Catherine atmete die warme Luft mit Rauch tief ein, lehnte sich im Sitz zurück. Ihre Haarsträhnen flatterten im Fahrtwind, streichelten sie sanft auf Wangen und Hals.

24

Dort, wo es besser als in Corbès war, sah es ähnlich aus. Ein paar Häuser standen zum Weiler geordnet, Wiesen und Wälder rundum, ein Flussbett in der Nähe. Aber es war kein gewöhnliches Haus, das Alice und Anne-Catherine bezogen. Es war ein Anwesen, die Gebäude halb versteckt hinter Bananenbäumen und Bambus. Es lag abseits des Weilers erhöht an der schmalen Straße, die Zufahrt war mit einem massiven Tor gesichert. »Sophie Héloise – Maître Reiki« stand auf dem glänzenden Schild geschrieben. Anne-Catherine schien es, als ob sie Maître Sophie bereits kennen würde, so ausführlich hatte Alice von ihr erzählt. Maître Sophie war als junge Frau sehr krank gewesen. Ihr Körper schmerzte vom Kopf bis zu den Zehen derart, dass sie an manchen Tagen kaum die Füße auf den Boden setzen konnte. Kein Arzt wusste Rat, sie wurde von einem zum nächsten weitergereicht. Niemand half. Die junge Frau suchte in ihrer Not immer weiter, probierte jedes Mittel aus. Bis sie einen Mann traf, der nicht mit den Schultern zuckte, sondern Heilung mit seinen bloßen Händen versprach. Sie schluckte keine Tabletten und Tropfen, erhielt keine Spritzen mehr. Ihr Kopf war so klar wie noch nie. Nach ein paar Tagen konnte sie aufstehen, ohne dass es wehtat, nach Wochen ging sie beschwerdefrei, und nach einem Jahr war ihr zumute, als wäre sie nie krank gewesen. Die junge Frau konnte es nicht fassen und folgte dem Mann, um seine Kunst zu lernen. Sie brauchte Jahre, um *Maître* zu werden, und jetzt gab sie ihr Wissen und ihre Weisheit weiter. Ein Blick dieser Frau spendete bereits

Energie, und wenn Maître Sophie zu ihren Schützlingen sprach, bannten die Worte alles Unreine, das in deren Körpern noch kreiste.

Die Schützlinge von Maître Sophie waren Frauen jeden Alters. Einen Mann sah Anne-Catherine nie auf dem Anwesen. Es erstreckte sich weit den Hang hinauf und war mit vielen kleinen Holzhäusern bebaut. Wie kleine Tempel standen sie dort im dichten Grün. Eins davon durfte Anne-Catherine mit Alice bewohnen. Ein schmales Bett und ein Tablar im Regal gehörte jeder von ihnen. Schränke und Schlüssel gab es keine. Vertrauen und Respekt füreinander musste sein, darauf beruhte die Gemeinschaft. Geld brauchte niemand, für Nahrung sorgte der Garten. Geist und Seele wurden von Maître Sophie betreut. Anne-Catherine begegnete ihr täglich um sechs. Dann fanden sich die Schützlinge zum *Réveil* ein, im großen Gartensaal im Kreis auf dem Boden. Maître Sophie platzierte sich etwas erhöht auf einem winzigen Schemel, grün gekleidet, die dunklen Haare auf dem Kopf zum Turm geknotet. Sie redete in einer Sprache, die Anne-Catherine nicht verstand, harte Laute schlugen an ihre Ohren. Das sei Japanisch, sagte Alice, eine Art Gebet. Die Frauen im Kreis wiederholten, was Maître Sophie sagte, Zeile für Zeile, jeden Morgen dasselbe. Danach folgte eine Rede. Anne-Catherine verstand die Wörter, aber nicht deren Sinn. Es ging um Entwicklung und Grade, Fortschritt in Stufen. Die Frauen im Kreis lauschten und nickten, alle außer Anne-Catherine. Sie sah, wie sich der Mund von Maître Sophie öffnete und schloss, kämpfte gegen den Schwindel an. Mit so vielen Menschen gemeinsam atmen nahm ihr die Luft. Anne-Catherine sehnte sich nach dem schmalen Bett im kleinen Tempel, in dem sie in Stille liegen konnte, vom Zigarettenrauch begleitet, der durch den Spalt in der Holztür hereinwehte. Dann wusste sie, dass Alice in der Nähe war, aber fern genug, um nicht zu stören.

26

Nach der *Réveil* jäteten die Schützlinge von Maître Sophie Unkraut, lasen Schnecken vom Salat, banden Bohnen hoch. Sie zupften Johannisbeeren, bis die Mittagssonne auf den Scheitel brannte, verkochten Früchte und Gemüse in der dampfenden Küche, füllten sie in Einmachgläser ab. Jede hatte ihren Beitrag an die Gemeinschaft zu leisten. Eine wöchentliche Liste gab vor, was zu tun war. Das tägliche Brot musste verdient, das Anwesen so reingehalten werden wie die darin lebenden Seelen. Poliert und wohlriechend war das Haus von Maître Sophie, im Garten alles Wuchernde gestutzt, die Zufahrt gewischt. Anne-Catherine reihte sich in die Arbeitsgruppen ein. Sie blieb am Rand, um nicht zu hören, was während der Arbeit geredet wurde. Endloses Schwatzen, das Anne-Catherine quälte, Sätze ohne Sinn für sie. Wörter, die sich in ihr festsetzten, grundlos. Sie brauchte die Geschichten der Frauen nicht, das Geläster, die bösen Worte. Ihr Rücken und die Schultern verkrampften sich, im Kopf begann ein Klopfen. Anne-Catherine versuchte, bloß die Vögel und Bienen zu hören, bellende Hunde, den Hahn aus der Ferne. Vergeblich. Ihre Hände wurden schweißnass, die Bewegungen fahrig. Schön hoch gewachsene Stangenbohnen brachen unter ihren Fingern, frisch gefüllte Marmeladengläser entglitten ihr. Sie gingen zu Boden, verspritzten den kochend heißen Inhalt an die Küchenwand. Die Frauen fluchten. Manchmal wurde sie geschubst, sodass Anne-Catherine beim Aufwischen flach auf den Boden knallte und dalag, Johannisbeermarmelade im Gesicht und Hohngelächter in den Ohren.

»Du da!«, riefen die Frauen. »Weg da!«

Ein paar traten mit ihren Füßen nach, bis Alice brüllend angerannt kam und die Gruppe auseinanderstob. Manchmal gelang es Anne-Catherine, sich zu Beginn der Schicht fortzustehlen, zu den Toiletten, ohne dass es jemand bemerkte. Dort tat sie still für sich, was sie schon immer gut konnte. Sie kratzte Kot aus den Schüsseln als Beitrag an die Gemeinschaft, in der sie leben durfte.

S teh auf«, hörte Anne-Catherine jeden Morgen jemanden zischen. »Du verpasst die *Réveil*.«

Es war Alice, die ihr keine Ruhe ließ. Sie bestand darauf, dass Anne-Catherine aufstehen, zum Gartensaal hinuntergehen, dort im Kreis mit den Frauen auf dem Boden sitzen musste. Sie drohte mit Maître Sophie, der nichts entging. Ob Anne-Catherine wusste, wie groß das Herz von Maître Sophie war, wie umfassend ihr Verständnis für die Verfehlungen ihrer Schützlinge? Aber die *Réveil* musste sein, tägliche Reinigung der Seele. Ob Anne-Catherine schmutzig bleiben wollte? Anne Catherine schwieg. Sie wollte nichts. Warum musste sie dauernd etwas wollen? Anne-Catherine verpasste die *Réveil*. Einmal, zweimal. Sie schleppte sich wieder hin, weil Alice sie hinter sich her zerrte, dreimal, viermal.

»Komm schon! Mach schon!«

Anne-Catherine musste sich zusammenreißen. Aufstehen. Mitmachen. Die Worte von Alice drangen in Anne-Catherines Ohren, ein Zischen, Betteln, Schimpfen, dass Anne-Catherine ganz schwindlig wurde. Sie blieb liegen.

Maître Sophies Verständnis für die Verfehlungen von Anne-Catherine kam an seine Grenzen. Diese Seele verweigerte sich jeder Regel, ließ keine Reinigung zu. Das sah Maître Sophie nach sieben Monaten ein, selbst wenn ihr großes Herz sich noch immer dagegen wehrte.

»Es tut ihr leid«, flüsterte Alice eines Morgens Anne-Catherine ins Ohr. »Aber hier ist nicht der richtige Ort für dich.«

Alice half Anne-Catherine die kleine Reisetasche packen. Drei Blusen, zwei Röcke, Unterwäsche, drei Hosen, ein paar Schuhe. Bis zum nächsten Bahnhof durfte Alice sie fahren, mit dem Auto der Mutter, das nun der Gemeinschaft gehörte. Anne-Catherine hielt die Augen geschlossen, während Alice rauchte und redete, vom entfernten Verwandten, den sie angerufen hatte. Am Bahnhof erhielt Anne-Catherine Geld von Alice in die Hand gedrückt, was sie aber erst so recht bemerkte, als sie am Schalter stand und eine Fahrkarte löste.

»Nach Chiasso«, hatte Alice gesagt. »Du wirst abgeholt.«

29

Im Zugabteil duckte sich Anne-Catherine in den Sitz, um den nackten Arm des Nachbarn nicht zu streifen. Feuchte Haarsträhnen schlangen sich um ihren Hals, klebten an den Wangen. Wenn Anne-Catherine sich konzentrierte, konnte sie die grauen Ascheflocken auf ihren Knien sehen. Auch als der Zigarettenrauch von Alice längst verschwunden war.

30

In Chiasso wurde Anne-Catherine von einer Frau abgeholt. Der Verwandte von Alice hatte keine Zeit. Die kleine Reisetasche schlug gegen ihre Knie, während Anne-Catherine der Frau hinterherging.

»Kannst du anpacken?«, hatte die Frau in Französisch gefragt. Anne-Catherine hatte genickt und war mit dem Blick dem schmutzigen Zeigefinger der Frau gefolgt. Dort oben würde sie arbeiten. Anne-Catherine sah dunkle Berghänge, darüber einen trüben Himmel.

»*Bienvenue*«, hatte die Frau gesagt. »Ab jetzt bist du Anna.«

31

An dieser Stelle zerreißt ein Schrei die Stille im Kühlschrank unter der Erde, den kluge Tessiner Alphirten erfunden haben. Annas Seele schwebt über 35 Kilogramm Körper. Sie kann es kaum fassen. Sie hat sich von der toten Materie lösen können. Endlich lässt sie Fleisch und Blut hinter sich, dazu den perversen schwarzen Sack mit dem, was einst ihre Anna war.

»Auf!«, jubelt sie, als sie das steinerne Dach durchstösst. »Auf und davon!«

Welche Weite, wie viel Leichtigkeit und Luft! Sie dreht eine Runde über grüngoldenen Alpwiesen, schraubt sich langsam zum Berggipfel hoch. Ein hässlicher grauer Bauklotz klebte auf dem Grat unter ihr. Ist so etwas von Menschen für Menschen gemacht? Kaum zu glauben. Aber solche Dinge brauchen sie nicht zu kümmern. Annas Seele jauchzt nochmals vor Freude, dann dreht sie ab Richtung Süden. Sie würde nach Frankreich fliegen. Sie würde ein wenig über Corbès und Saint-Jean-du-Gard kreisen und sich anschauen, wie es dort mittlerweile aussieht. Die Eisenbahn mit Dampflokomotive, schwitzende Touristenfamilien, Franzosenfahnen vor der *mairie*, Eisdielen. Sie würde den Männern beim Boulespiel im Baumschatten zusehen, Hundescheiße riechen, die von den Mergelplätzen bis zu ihr in den Himmel hochsteigt. Vom Butterbrot mit Zucker würde sie naschen, vom *jus de pomme* dazu. Und beim Weiterfliegen würde das Klappern von Holzzoccoli sie wie Musik begleiten, dazu das Kreischen von kleinen Mädchen, die über heißen Asphalt rennen.

Teil 3

I

Auch am Mittwoch, dem 5. Mai 2021, hielt sich das Wetter an das, was Meteo Schweiz vorhersagte. Südlich und nördlich der Alpen schien die Sonne. Ausflügler füllten die Züge wie schon lange nicht mehr. Sie schwatzten und lachten, ihren mitgebrachten Proviant verzehrend, jeden Moment ohne Schutzmaske auskostend, während die Pendler sich griesgrämig auf ihren Sitzen breitmachten und versuchten, noch eine Runde zu schlafen. Das Ehepaar Gruner war schon am Vortag ins Tessin gereist und hatte im Grütli Inn in Mendrisio übernachtet. Seit der Pensionierung genossen sie die kleinen Freiheiten, einen Ausflug hier, eine Reise da, wochentags hin zu Orten, zu denen die Werktätigen nicht unterwegs waren. Dieses Vergnügen wurde durch Covid eingeschränkt. Umso größer war die Freude der beiden, als sie an diesem Mittwochmorgen in der Zahnradbahn saßen, die sie hoch zum Monte Generoso brachte. Die Strecke führte eine Weile parallel zur Autobahn den Hang entlang, dann durch dichten Baumbestand. Später schlängelte sie sich der Felswand entlang in die Höhe. Vor der Station »Bellavista« lichtete sich der Wald und gab zur Linken den Blick frei. Herr und Frau Gruner entschieden sich gegen einen Zwischenaufenthalt. Die Aussicht würden sie von ganz oben ausreichend genießen können. Zu Herrn Gruners Bedauern war ein Besuch der Sternwarte nicht mehr möglich. Die Migros-Gruppe, die nebst der Zahnradbahn die Sternwarte unterhielt, hatte beschlossen, letztere auf den Gurten oberhalb der Stadt Bern zu versetzen. Es blieb die Bärenhöhle mit ihren

40.000 Fundstücken. Wobei Frau Gruner ihr Veto eingelegt hatte. In eine Bärenhöhle würde sie keinen Fuß setzen. Die »Nevèra« reichte ihr vollends, ein Bauwerk, das ihr Mann bei einer seiner unzähligen Recherchen auf der Suche nach geeigneten Ausflugszielen entdeckt hatte. Nach gemächlicher Fahrt erreichte die Zahnradbahn nach einer Strecke von neun Kilometern die Bergstation Monte Generoso auf 1704 Metern. Dort erwartete sie die touristische Attraktion *Fiore di Pietra*, ein einzigartiges architektonisches Bauwerk, das die Handschrift des Tessiner Stararchitekten Mario Botta trug. Zwei lichtdurchflutete Restaurants und ein Konferenzraum mit Weitblick bildeten den idealen Rahmen für genussvolle Essen, unvergessliche Familienfeste und außergewöhnliche Firmenanlässe. So stand es geschrieben, das wusste Herr Gruner, er hatte mehrere Artikel darüber gelesen. Er legte seiner Frau das Konzept der »Steinernen Blume« dar. Sie beharrte jedoch darauf, dass sie den Bau nicht eben einfühlsam in die Natur eingepasst fand. Von einer Blume schien er ihr weit entfernt. Das Panorama hingegen fand sie überwältigend. Herr und Frau Gruner standen ans Geländer gelehnt vor dem Eingang des Gebäudes und sahen auf den Luganer See und die Alpen: vom Gran Paradiso zum Monte Rosa, vom Matterhorn zur Jungfrau, vom Gotthardmassiv zum Bernina. Nach einem eilends hinuntergestürzten Kaffee im Selbstbedienungsrestaurant – »Das Licht ist schrecklich, ich muss hier raus«, jammerte Frau Gruner – brachen sie zum geplanten Rundgang auf.

»*Alpe Nadigh? Sì, sì*«, bestätigte der Angestellte der Ferrovia Monte Generoso. »Die Nevèra ist offen.«

Unterwegs bestaunte das Paar immer wieder das Panorama. Auch die vertikal platzierten Kalksteinplatten entlang des Weges zum Weiler Nadigh gefielen ihnen gut. Sie erzählten vom damals austarierten sozialen Gefüge, wusste Herr Gruner, sie markierten die Grenze zwischen gemeinschaftlich genutzten und privaten Weiden. Nach knapp einer Stunde erreichte das Ehepaar die Alp Nadigh und blieb ein wenig enttäuscht vor der Nevèra stehen, einer »Einzigartigkeit des Monte Generoso«, wie die Webseite von Mendrisiotto turismo versprochen hatte. Die Nevèra war ein Rundbau aus Kalkstein, zu zwei Dritteln in die Erde eingelassen. Einst hatten die Bauern im Frühjahr den unterirdischen Teil mit gepresstem Schnee und Eis befüllt, damit sie im Sommer darin Kessel voller Milch für die Butter- und Käseproduktion kühlen konnten. Herr Gruner stieß die niedrige Holztür auf. Die beiden brauchten einen Moment, um etwas im dämmrigen Licht der Sonne sehen zu können, das durch die Maueröffnung brach. Über ihnen wölbte sich das Dach aus Kalksteinplatten, die in immer enger werdenden Kreisen angeordnet waren. Zu ihren Füßen führten schmale Stufen dem Rundbau entlang in die Tiefe. Schon nach drei Schritten die Treppe hinunter schlug ihnen ein eigenartiger Geruch entgegen. Frau Gruner drehte sich um und rannte die Stufen wieder hoch. Krampfhaft schluckte sie den Kaffee hinunter, der ihr in die Kehle stieg, stolperte nach draußen. Ihre Hand suchte Halt an der Mauer, als sie ihren Mann von drinnen schreien hörte. Kurz war sie versucht, ihm entgegenzueilen, hielt dann aber inne. Er war auf dem Weg hoch zu ihr. Sie hörte sein Keuchen, einen erstickten Ruf.

»Die Polizei! Ruf die Polizei, schnell!«

2

Zwanzig Minuten später landete ein Hubschrauber auf dem Dach der Militäranlage, die sich an die Krete des Monte Generoso schmiegte. Von der Aussichtsplattform auf dem Gipfel filmten ein paar Touristen mit ihren Handys das Geschehen. Viel war nicht zu erkennen. Ein paar Gestalten entstiegen geduckt dem Hubschrauber. Dann hob er gleich wieder ab, stieg ein Stück hoch und drehte ab. Die Gestalten verschwanden kurz in der Anlage und bewegten sich dann auf dem Wanderweg Richtung Alp Nadigh hinunter, zügig und sicheren Schrittes. Zuvorderst ging ein großer, schlanker Mann, das volle dunkle Haar mit viel Gel nach hinten gekämmt. Trotzdem fiel ihm eine Locke dauernd in die Stirn, die er sich jedes Mal mit seiner linken Hand zurückstrich. Unter seiner Windjacke blitzte ein weißer Kragen hervor. Die Wanderer, die seinen Weg kreuzten, blieben stehen und hoben erstaunt die Brauen. Ein Hemd und eine Umhängetasche, locker an der Hüfte baumelnd, für einen Bergausflug wie diesen? Was war das denn für ein Geck? Immerhin grüsste er freundlich. Der Mann hinter dem ersten hatte kurze Beine und ein mürrisches Gesicht. Er hob den Blick nicht vom Boden. Den beiden folgten zwei Männer mit Rucksäcken und Gerätschaften, die wenig nach vergnüglichem Ausflug in die Natur aussahen. Einer von ihnen trug etwas, das eine Bahre hätte sein können, einklappbar und in kleinstmöglichem Behälter verstaut. Die Wanderer standen noch immer und starrten der Gruppe nach.

»Ein Unfall?«, fragte einer.

»Was denn sonst?«, antworteten zwei im Chor.

Aber da lag niemand mit ausgerenkten Gliedern in der Bergwiese. Es gab kein Röcheln oder Herzflimmern weit und breit, und über ihnen kreisten ohne Turbulenzen Gleitschirmflieger.

»Dort unten«, flüsterte der Vierte und gab sein Fernglas weiter. »Schau mal.«

»Bei der Alp Nadigh?«

»Bei der Alp Nadigh.«

Sie reichten das Fernglas von Hand zu Hand. Ein bleiches älteres Paar saß vor der Alphütte auf der Bank. Vor ihm kniete ein Tourist, der einen Becher reichte. Etwas weiter hinten hatte sich ein zweiter Tourist breitbeinig vor der Eingangstür der Nevèra aufgebaut. Er wedelte mit den Händen, als der Geck mit seiner Gruppe eintraf, als wollte er sie daran hindern näherzutreten.

»Der Idiot«, sagte der Wanderer mit dem Fernglas. »Das ist doch die Polizei.«

»Gib her!«, riefen die anderen.

Gemeinsam beobachteten sie, wie die Männer in der Nevèra verschwanden, bevor kurz darauf einer wieder aus der Tür gestürzt kam.

»Er kotzt«, sagte derjenige, der durch das Fernglas schauen durfte. »Der Kleine mit den kurzen Beinen.«

»Scheißjob«, sagten die anderen.

»Aber gut, wenn einer ihn macht«, fügte der Besitzer des Fernglases hinzu und nahm es an sich, um es wieder einzupacken. Dann stiegen die Wanderer weiter den Berg hoch, um im Selbstbedienungsrestaurant der Fiore di Pietra für eine Bratwurst mit Pommes Frites und eine Flasche sauren Most Schlange zu stehen.

3

Geht es wieder, Bruno?«

Commissario Bianchi legte seinem Mitarbeiter kurz die Hand auf die Schulter. Ihm selbst war vorhin ebenfalls übel geworden. Nicht wegen dem Geruch nach Verwesung, der ihm in der Nase haften geblieben war. Gerüche konnte er gut verdrängen. Die Bilder hingegen blieben.

»Weitergehen!«, rief Bruno Costa, noch immer weiß im Gesicht, seine Schwäche von vorhin mit energischen Bewegungen kompensierend. »Nicht stehen bleiben! Gehen Sie weiter, immer dem rot-weißen Absperrband entlang!«

Commissario Bianchi und sein Mitarbeiter hatten die Alp Nadigh mit Absperrbändern gesichert und einen Weg ausgesteckt, der die Ausflügler trittsicher rund um die kleine Siedlung herumführte. Einige beeilten sich, der Anweisung zu folgen, hasteten vorbei, als wollten sie vor dem fliehen, was in diesen sonnigen Bergfrühlingstag eingebrochen war. Die Dreisten blieben stehen und versuchten, Bruno Costa etwas dazu zu entlocken, weshalb hier Männer mit Schutzanzügen und Handschuhen hin- und hergingen.

»Weitergehen! Gehen Sie weiter, meine Damen und Herren! Sie sind nah daran, Polizeiarbeit zu behindern – und was das bedeutet, wollen Sie nicht ... *Perfetto*, es geht doch! Immer rot-weiß entlang!«

Commissario Bianchi vernahm den ruppigen Ton von Costa nun aus etwas Entfernung. Er war dabei, die kleine Alpsiedlung nochmals auf dem Pfad abzuschreiten, den seine beiden Kollegen von der Spurensicherung freigegeben hatten. Ein kleiner, zerfallener Stall, dahinter folgten weitere Gebäude, eine verwinkelte Ansammlung von Behausungen, in der früher wohl Ziegen untergestellt worden waren. Jetzt bildeten sie dunkle, feuchte Löcher. Talwärts ausgerichtet stand die Alphütte, auch sie bloß noch stumme Zeugin von Leben, das früher hier in den Sommermonaten stattfand. Schräg links vor der Alphütte befand sich die Nevèra. In der offenen Tür erschien nun der Kollege von der Spurensicherung, der sich mit der Bahre abmühte, während sein Kollege ihn von innen unterstützte. Commissario Bianchi eilte ihnen zu Hilfe. Eine Art Zelt über der Bahre verbarg, was die beiden aus der Tiefe des Turms bergen und den Hang hochtragen mussten, zurück auf das Dach der Militäranlage oben auf der Krete des Monte Generoso. Dort traf wenig später der Hubschrauber ein, um die Leiche ihrer nächsten Station zuzuführen, dem gerichtsmedizinischen Institut von Lugano.

»Die Frau ist verdurstet und verhungert«, hatte der Kollege nach einer kurzen Untersuchung noch in der Nevèra gesagt.

»Freiwillig?«, hatte Commissario Bianchi gefragt und ihm zugesehen, wie er die Tote und den Fundort abfotografierte. »Schließt du Sterbefasten als Todesursache mit ein?«

»Das müssen die vom Institut beurteilen«, hatte der Kollege gesagt. »Ich hoffe für die Frau, dass das hier freiwillig war.«

4

Commissario Bianchi hatte Bruno Costa angewiesen, mit den Kollegen zusammen nach Lugano zu fliegen, um der Identität der Frau nachzugehen. Bisher gab es keinen Hinweis darauf. Der Commissario blieb auf der Alp Nadigh. Er wollte besser erfassen, was hier geschehen war, zudem Herrn und Frau Gruner nochmals in Ruhe befragen. Die beiden hatten einige Becher Tee und Traubenzucker zugesteckt erhalten, während der Commissario sie vor zudringlichen Helfern und allzu aufsässigen Fragern hatte abschirmen müssen. Dann, nach dem ersten Schock, hatten sie aufgeregt wiedergegeben, wie es zum Fund der Leiche gekommen war, angefangen bei Herrn Gruners Recherchen für einen interessanten Ausflug. Jetzt schien Herr Gruner langsam gefasst genug, den Weg hoch zur Bahn wieder auf sich zu nehmen. Frau Gruner war ziemlich aufgekratzt und sich der Wichtigkeit bewusst, die sie und ihr Mann in diesem Fall hatten.

»Die arme Frau hätte noch länger hier liegen können, nicht wahr?«, fragte sie, dem Commissario zugewandt. »Bis sie von Tieren«, sie schlug sich die Hand vor den Mund. »Von Tieren zerfressen …«

Ihr Mann stöhnte auf.

»Auf jeden Fall«, sagte sie. »Auf jeden Fall ist es gut, dass mein Mann die Leiche nicht berührt hat, nicht wahr?« Und an ihren Mann gewandt: »Du hast die Tote doch nicht berührt, Walter? Diesen Reißverschluss.« Sie hielt inne. »Diesen Reißverschluss, den hast du doch nicht geöffnet? Du hättest sonst alle Spuren verwischt. Aber das hat er nicht«, wieder an den Commissario gerichtet. »Ganz bestimmt nicht, Walter weiß, was in solchen Fällen zu tun ist.«

»*Solche Fälle*«, hakte ihr Mann ein, nun wieder bleicher geworden. »Was weißt du denn, was hier der Fall ist?« Herr Gruner deutete mit zitterndem Zeigefinger zur Nevèra hinüber und wurde lauter. »Was hast du denn schon gesehen? Hast *du* den schwarzen Sack gesehen, im stinkenden Loch dort? Ja? Nein! Hast du nicht.« Seine Stimme kippte. »Und die Blumen, hast du die Blumen gesehen?«

Frau Gruner riss die Augen auf. »Blumen? Dort unten?«

»Künstliche«, flüsterte er. »Aber sie sahen echt aus.«

»Du hast sie doch berührt!«, kreischte Frau Gruner.

»Nur die Blumen«, flüsterte ihr Mann. »Ich musste es wissen.«

Später am Nachmittag setzte sich Commissario Bianchi allein auf die Bank vor der Alphütte. Er hatte doch noch weitere Unterstützung angefordert, um das Ehepaar Gruner zurück ins Hotel Grütli Inn in Mendrisio begleiten zu lassen. Jetzt ging er im Kopf nochmals alle Bilder durch, die sich ihm seit dem Auffinden der Leiche eingeprägt hatten. Das grellste blieb jenes, das er vorfand, nachdem er die vierzehn Stufen in die Nevèra hinuntergestiegen war, mit flachem Atem, um den Geruch nicht gänzlich aufzunehmen, der ihm entgegenschlug. Seine Handylampe erfasste eine Art Mumie, schwarz umhüllt, und darauf drapiert drei Zweige Schleierkraut, aus Kunststoff naturgetreu nachgebildet. Ein Schwindel hatte ihn erfasst, am Boden neben diesem Bündel kniend. Hier lag etwas vor ihm, das sein Fassungsvermögen überstieg. Und auch jetzt wieder, auf der sonnenwarmen Bank sitzend, entzog sich ihm kurz der Boden. Keine Erfahrung war mit diesem Fund hier oben kombinierbar. Jede Fantasie dafür fehlte ihm. Bloß ein Gefühl war da, wirr und schmerzhaft.

5

Emma hatte den Helikopter zuerst gehört, dann gesehen. Er flog das Valle di Muggio hoch. Nicht lange danach kehrte er zurück. Das war während der Theatervorstellung für die Bewohnerinnen und Bewohner des Altersheims Fondazione San Rocco. Aber die Frauen und Männer im Publikum ließen sich nicht so leicht ablenken. Gebannt starrten sie zur Bühne, viele mit einem Lächeln auf dem Gesicht. Ein paar hatten ihre Hände von den wärmenden Decken befreit und klatschten im Rhythmus, wenn die Kinder sangen. Manche summten mit, manche bewegten stumm die Lippen.

»Per fare un tavolo ci vuole il legno, per fare il legno ci vuole l'albero ...«

Nach dem Mittagessen kam der Hubschrauber wieder. Die Vorstellung war mit viel Applaus zu Ende gegangen, die Besucherinnen und Besucher waren mit ihrer Begleitung zum Altersheim Fondazione San Rocco zurückgekehrt, die Kinder wie auch Rubio zurück im Tagesheim. Zum Mittagessen gab es in der Casa Rubio Milchreis mit Apfelkompott. Emma musste sich überwinden. Milchreis mochte sie nicht so. Beim anschließenden Kaffee sah sie den Hubschrauber erneut. Oft wurden Lasten hoch auf die Alpen getragen, an Seilen schwebend, oder Baumstämme ins Tal befördert, aus unwegsamem Gebiet. Heute traf nichts davon zu. Emma schüttelte den Kopf. Weshalb musste sie immer in Krisenszenarien denken? Sie stellte sich sofort das Schlimmste vor, wenn Wagen mit Blaulicht und Sirene durch die Straßen rasten oder über ihr am Himmel Hubschrauber knatterten.

Emma seufzte. Einmal Polizistin, immer Polizistin, selbst wenn sie jetzt Kindertante geworden war. Ihr Blick fiel auf Leonardo. Der Junge stand allein etwas abseits der Mittagstische und scharrte mit einem Fuß im Kies. In der einen Hand hielt er ein tropfendes Eis. Alle Kinder hatten eins spendiert erhalten, zur Feier ihrer Premiere gestern. Mit der anderen Hand presste Leonardo ein Handy ans Ohr. Er nickte. Dann sagte er etwas und beendete mit einem Lächeln den Anruf. Das Eis kippte bedenklich. Was zum Teufel?! Emma war mit ein paar schnellen Schritten bei ihm und riss ihm ihr Handy aus der Hand.

»Er kommt schon vor der Abendvorstellung heute.«

»Leonardo! Du kannst doch nicht einfach mein Handy nehmen!«

»Aber er muss arbeiten. Er sagt dir liebe Grüße.«

Leonardo zeigte mit ernstem Blick auf das Handy, das Emma noch immer verblüfft umklammert hielt.

»Es hat dauernd geklingelt. In der Küche. Es war dringend.«

»Du hättest es mir bringen können. Das wäre korrekt gewesen.«

»Aber du warst am Essen. Und während dem Essen telefoniert man nicht.«

Der dreiste kleine Kerl schlug sie mit ihren eigenen Grundsätzen. Emma bemühte sich, ernst zu bleiben. »Er muss also arbeiten, der Mann. Hat der Mann sonst noch etwas gesagt?«

»Mit *dir* arbeiten, hat er gesagt.«

»Mit *mir*?«, fragte sie verblüfft.

»Eben.« Leonardo nickte. »Ich habe gesagt, dass das nicht geht, weil du schon mit uns arbeitest.«

Wieder musste Emma sich das Lachen verkneifen. »Und wo war er, als ihr telefoniert habt?«

Leonardo schaute sie verächtlich an. »Aber das hat er doch nicht gesagt.« Er hob die Hand, als sie etwas erwidern wollte. »Nur, dass er dich braucht.«

Emma bedankte sich für die Telefondienste und wischte das eisverschmierte Display sauber, das drei verpasste Anrufe von Marco Bianchi verkündete. Als Emma hochschaute, sah sie beim Atelier drüben Davide stehen. Er führte hastig eine Zigarette zum Mund und stieß den Rauch achtlos aus. Was war mit ihrem Mitarbeiter los? Er schien angespannt, schon seit Montag. Ganz ungewohnt für Davide, den Goldjungen, der immer für einen lockeren Spruch zu haben war, einen kleinen Scherz. Emma beschloss, ihn später darauf anzusprechen. Jetzt musste sie dringend ein paar Dinge erledigen. Bevor Marco Bianchi hier im Grotto del Mulino eintraf.

6

Frena musste schon wieder an Sebastian Bart denken. Sie sah ihn in ihrer Küche sitzen, die Semmelknödel an Pilzsoße in sich hineinschaufeln, den unpassend edlen Mantel über dem Stuhl. Sie sah die Muskeln und Sehnen und die kalten blauen Augen. Seit Montagabend versuchte sie, die Erinnerung zu verdrängen. Eine Lappalie, ein unangenehmes Erlebnis war das, nichts weiter. Ein Spinner war er. Was hatte Emma gesagt? Sie war am Ufer der Breggia über ihn gestolpert. Was genau tat er dort, nachts um elf? Frena wischte ihre Gedanken beiseite und wies die drei Mädchen zurecht, die sich gegenseitig kichernd in die Arme kniffen. »Stille Stunde« war angesagt in der Casa Rubio. Jedes Kind konnte wählen, wie es die Zeit gestalten wollte. Es standen stapelweise Bücher zur Verfügung, Stifte und Papier, Knete und Garn, Glasperlen. Es konnte gewerkelt und gelesen, gezeichnet oder einfach in der Liegeecke gefläzt werden, ohne irgendetwas zu tun. Einzige Vorgabe war Schweigen. Handyfreie Zone war die Casa Rubio sowieso. Die Mütter und Väter wussten es zu schätzen.

»*Silenzio!*«

Frena erhob sich, um die Mädchen zu trennen, ihnen sanft die Hand auf den Rücken zu legen.

»Ganz ruhig«, murmelte sie. »Legt euch hin. Schließt die Augen. Stellt euch vor, wie ihr heute Abend wieder auf der Bühne steht.«

Sie setzte sich wieder und nahm ihr Häkelzeug auf. Versuchte, die Bilder zu vertreiben, die aufstiegen in der Stille, die nun endlich eintrat. Die Gabel, die Sebastian Bart auf den Tellerrand hatte aufschlagen lassen, die Pilzsoßenspritzer auf dem Tisch. Sie spürte, wie die seltsame Halskette ihre Wange berührte, als der Mann sich über sie beugte. Es schüttelte sie beim Geruch, der nun wieder in ihre Nase stieg, und über ihren Rücken lief ein Schauer, während er an ihrem Ohr flüsterte: »So nicht. Ohne mich.«

Es war ein Fehler. Frena hielt beim Häkeln inne, so sehr beunruhigte sie die Erkenntnis. Es war dumm, dass sie Emma nichts davon erzählt hatte. Dieses Erlebnis war keine Lappalie. Der Mann war mehr als ein Spinner, der sich zufällig hierhin verirrt hatte.

7

Auf der Alp Nadigh war wieder Ruhe eingekehrt. Die rot-weißen Bänder waren entfernt worden. Nur die versiegelte Tür im steinernen Rundbau ließ noch darauf schließen, dass die Polizei hier war. Die Alpendohlen zogen ihre Runden, stritten um den besten Platz in den Baumkronen über der Nevèra. In der Fiore di Pietra oben leerte sich die Terrasse, Jassteppiche wurden zusammengerollt, und selbst den unermüdlichsten Spielern drang nun der Bergwind in die Knochen. Die Maisonne vermochte hier, auf 1700 Metern, gegen Ende des Nachmittags nur noch wenig zu wärmen. Commissario Marco Bianchi bestieg mit den Ausflüglern die Zahnradbahn nach Capolago hinunter. In gemächlichem Tempo fuhr sie los. Den einen fielen nach ein paar Minuten bereits die Augen zu. Ihre Köpfe kippten nach vorne, ruckelten im Takt. Die meisten Fahrgäste starrten auf ihre Handybildschirme. Im Abteil neben dem Commissario dozierte ein Mann über die einzige Schweizer Schmalspur-Zahnradbahn südlich der Alpen. Der Kollege gegenüber mühte sich damit ab, sein Wissen ebenfalls einzubringen. Der Commissario hörte halb hin, während er die Mitfahrenden beobachtete. Einer von ihnen könnte Täter sein. Es war möglich, dass einer von ihnen der Frau Kopf und Knie zur Brust gezogen, die Arme um die Knie gelegt und den Körper in den Bondage-Sack gezwängt hatte. Wie lange hatte sie zuvor vor sich hinvegetiert, im Koma? Dem Commissario fuhr ein kalter Schauer über den Rücken. Die Tote war platzsparend und wasserdicht verpackt, und in einem Gleitschirmsack wäre das Bündel gut getarnt gewesen. Gleitschirme wurden hier täglich rauftransportiert. Eine kräftige Person konnte so einen Gleitschirm schultern, wäre mit der Last in vierzig Minuten bis zur Alp Nadigh hinuntergestiegen und dort die vierzehn Treppenstufen weiter bis zur letzten Ruhestätte. Das bedeutete, dass ein Fahrgast hier allenfalls einen zusammengeknüllten Gleitschirmsack bei sich im Gepäck trug, sofern der Leichnam heute hier deponiert worden war. Ein Stück Textil, das seinen Dienst getan hatte und nun auf dem Weg zur spurlosen Entsorgung war. Der Commissario ließ wieder seinen Blick über die Gesichter wandern, die Stirn- und Augenpartien, die über den Masken erkennbar waren. Dann klappte er seinen Laptop auf und versicherte sich, dass niemand auf den Bildschirm sah. Sein Kollege Bruno Costa hatte bereits Fakten zusammengetragen. Costa war ein fleißiger Mitarbeiter, auch wenn er manchmal nerven konnte. Seit Marco Bianchi von seiner Hospitanz in Budapest ins Commissariato Lugano zurückgekehrt war, schien ihm, Costa hätte noch an Motivation zugelegt. Neulich war ihm der Mann gar unangemessen über den Mund gefahren. Da war man ein Jahr lang abwesend, und schon beförderte sich der Untergebene selbst. Der Commissario hatte lächeln müssen und gemurmelt: »Nur zu, Bruno. Nicht mehr lange, und du bist mich los.«

Jetzt beugte sich der Commissario über die bisherigen Erkenntnisse. Viele waren es nicht.

Die Frauenleiche wog noch fünfunddreißig Kilogramm.

Sie trug nichts auf sich. Keine Kleidung, kein Schmuckstück wies auf ihre Identität hin. Eine DNA-Analyse zur Identifikation der Frau war in Auftrag gegeben.

Nach ersten Untersuchungen war sie zwischen vierzig und fünfundvierzig Jahre alt. Todesursache: Dehydratation.

Die kühlen Temperaturen in der Nevèra verlangsamten den Verwesungsprozess. Deshalb war es schwierig, den genauen Todeszeitpunkt zu bestimmen. Der zuständige Gerichtsmediziner ging nach ersten Untersuchungen davon aus, dass die Frau seit drei bis vier Tagen tot war. Molekulargenetisch auswertbares Spurenmaterial wie Blut, Speichel, Sperma, Haare oder Hautpartikel einer dritten Person hatte er bis dato nicht entdeckt.

Haut und Haare der Frau waren gewaschen, Finger- und Fußnägel geschnitten.

Einzig der Bondage-Sack hatte Mikrospuren seines Materials auf der Haut hinterlassen. Er war Massenware und im Internet erhältlich, ebenso die künstlichen Blumenzweige. Fesselsack und Blumen wiesen zwar Fingerabdrücke auf, aber sie waren so verwischt und überlappten einander, dass sie keinen verwertbaren Abdruck zuließen.

Falls jemand die Leiche mit der Zahnradbahn hochgebracht hatte, hätte die Person es also in den letzten vier Tagen getan haben können. Seit letztem Sonntag, 2. Mai, war die Bahn nach einer Winterpause wieder in Betrieb genommen worden. Am offiziell ersten Betriebstag, dem Samstag zuvor, war sie wegen unsicheren Witterungsverhältnissen nicht gefahren.

Keiner der bereits befragten Bahnangestellten hatte etwas Verdächtiges gesehen. Auch den Mitarbeitenden der Fiore di Pietra war nichts Außergewöhnliches aufgefallen.

Die Befragungen von drei Personen, die in den letzten vier Tagen Dienst hatten, standen noch aus.

Die Aufzeichnungen der Überwachungskameras in Tal- und Bergstation waren noch auszuwerten.

Falls jemand die Frau vom Valle di Muggio her zur Alp Nadigh hochgetragen hatte, führte der kürzeste Wanderweg von Scudellate über Roncapiano zur Alp hoch. Dauer:

circa 40 Minuten, mit so schwerem Gepäck aber sicher länger.

Von der physischen Belastung her war es wahrscheinlich, dass der Träger ein Mann gewesen war.

Rund um die Alp Nadigh und die Nevèra gab es keine Spuren, die auf ein Fahrzeug oder auf ein behelfsmäßiges Vehikel für den Transport hindeuteten.

Ein Transport aus der Luft konnte ausgeschlossen werden.

Ein Abgleich in den Vermisstendatenbanken der Polizei ergab keine Übereinstimmung. Auch zur Fahndung ausgeschrieben war die Person nie. Es gab keinen einzigen Hinweis darauf, wie die Frau lebte, bevor man sie tot aufgefunden hatte.

8

Emma sah aufs Handy. 17:46 Uhr. Marco sollte in einer Viertelstunde in der Casa Rubio eintreffen.

Ich komme mit öv und zu Fuß, hatte er noch geschrieben, als Emma nachgefragt hatte. Abgeholt werden wollte er nicht. Selbst war der Mann, gut so. Alles war bereit, das provisorische Büro eingerichtet. Frenas Falten im Gesicht waren in Bewegung gekommen, als Emma sie kurz informierte.

»Marco besucht uns?«, rief Frena strahlend. »Der schöne Commissario?«

»Er *arbeitet*«, hatte Emma geantwortet und die Augen verdreht.

»Ein neuer Fall?« Frena war plötzlich besorgt. Sie wollte noch etwas hinzufügen, aber das hatte Emma nur noch aus dem Augenwinkel gesehen, weil sie sich wieder den Online-Meldungen über den Fund der Leiche auf dem Monte Generoso widmete. Ihr Hirn arbeitete bereits auf Hochtouren. Aber bevor sie wirklich loslegte, gab es eine Grundsatzfrage, die zwischen Commissario Marco Bianchi und ihr geklärt werden musste.

9

Miriama gehörte zur Wohngemeinschaft in der Villa Santa Chiara. Sie lebte hinter der aprikosenfarbenen Fassade, auf dem Anwesen mit Schutzwall und Swimmingpool. Sie war eine von denen, die die Bewohnerinnen und Bewohner von Scudellate argwöhnisch aus der Ferne beäugten. Miriama hatte weder filzige Haare noch Piercings in der Nase, dafür dichte schwarze Locken auf dem Kopf und braune Haut. Das trug ihr nun schon vierundzwanzig Jahre lang Blicke und Fragen wie Nadelstiche ein, dazu fremde Finger, die in ihr Haar griffen. Miriama war einen Meter achtzig groß. Ihre Schultern waren breit, die Hände riesig. Sie hätte alle umhauen können, die ihr blöde kamen. Sie tat es nur bei manchen.

An diesem sonnigen späten Mittwochnachmittag hatte Miriama Stress. Sie saß im Salon hinter geschlossenen Fensterläden. Ihr Handy leuchtete im Halbdunkel auf, warf kaltes Licht in den hohen Raum. Sie hatte es auf stumm geschaltet. Ihre Hand zitterte, als sie es umdrehte.

Sie wollte die fünf Buchstaben auf dem Display nicht mehr sehen. Schon wieder drängten sie ihr einen Anruf von Simon auf, lockten mit leuchtend grüner Taste.

»Miriama, *honey*«, flüsterten die Buchstaben mit Simons Stimme. »Du hast es noch immer nicht gelöst, dein Problem mit der Kamera. Ich kann dich sehen!«, rief Simons Name auf dem Handy. »Du sitzt auf dem fetten Sofa im Salon!«

Miriama atmete tief ein, hielt die Luft an, atmete aus. Konzentrierte sich wieder auf die Tastatur ihres Laptops.

Noch gab es Wege, die sie ausprobieren konnte. Es existierten unzählige Kombinationen von Buchstaben und Zahlen. Sie hatte bei Weitem nicht alle Möglichkeiten ausgeschöpft. Ihre Wangen glänzten graubraun im Licht des Bildschirms, Schweißperlen sammelten sich über der Oberlippe. Oder waren es Tränen? Nein, Miriama weinte nie. Miriama arbeitete. Sie tat das, was sie gut konnte: Systeme manipulieren.

»Ich bin bloß ein kleiner *bug* hier unten«, sagte sie manchmal nach ein paar Zügen, wenn sie zu dritt draußen am Swimmingpool lagen und die Sterne über sich bewunderten. »Eine Zecke im Getriebe der Gesellschaft.«

»Saug mich aus«, sagte Simon dann und küsste sie, während Davide noch einen Joint für alle drehte und lustige Geschichten aus dem Tagesheim erzählte, in dem er sich für einen mageren Monatslohn mit verwöhnten kleinen Bälgern abrackerte.

»Mit seiner Hände Arbeit«, wie Simon gerne spottete. »Hart, aber ehrlich.«

Miriama sah wieder zur Kamera hoch, die das Geschehen im Salon überwachte. Mehrmals war sie in den letzten Tagen versucht gewesen, ihr Handy mit aller Kraft gegen dieses Auge zu schmettern. Sie wollte Beil und Leiter im Gartenhaus draußen holen und die Kamera herunterschlagen, bis nichts mehr da war außer einem Loch in der Decke. Sie wollte am Boden zertreten, was vom Kameragehäuse noch übrig geblieben war, während sich Glassplitter für immer in den edlen Teppich bohrten. Aber sie tat es nicht. Sie fuhr fort, mit ihren Fingern über die Tastatur zu gleiten. Sie würde es schaffen, das System nochmals zu hintergehen, sodass es Aufnahmen von einem leeren *salone* sendete, ohne Miriama auf dem Sofa. Die vier Schlafzimmer im Haus mussten unberührte Betten zeigen, die

Treppen in den zwei Obergeschossen menschenleer sein. Und der Turm erst, mit nichts durfte er verraten, was hier vorging. Die Badezimmer auf jedem Stockwerk hatten so auszusehen, als wäre niemand da, der im glänzenden Marmor duschte oder achtlos Kleidungsstücke auf dem Boden liegen ließ. In Küche und Garten durfte sich kein Leben regen. Höchstens eine Katze im Garten war erlaubt, die durchs Bild schlich, oder eine Motte, vor der Kamera beim Eingangstor kreisend.

»Wir haben es geschafft. Auf uns!«, hatte Simon letzten Sommer gerufen und die Flasche geöffnet, die er aus dem Keller geholt hatte. »*Best buddys ever*!«

Sie hatten nacheinander die Flasche angesetzt und das Beste aus dem Weinkeller getrunken, in großen Schlucken, während sie in den Abendhimmel schauten. Als Miriama die Flasche absetzte, war alles um sie rotviolett, Swimmingpool und Hausfassade, die Haare von Simon und Davide.

»Ich bin im Paradies«, hatte Miriama noch gedacht, bevor Simon sie von der Liege hochzerrte und in die Villa Santa Chiara zog, in ihr neues Zuhause.

»Schau an, wir schlüpfen bei der armen Klara von Assisi unter«, hatte Simon gespottet und auf die Beschriftung über dem Tor gezeigt, als sie hier angekommen waren. »Wie pervers muss der Typ sein, seinen Besitz so zu nennen?«

Das war nun neun Monate her. Da hatte Miriama alle Kameras im Haus hacken können, ohne einen Fehler zu machen. Einwandfrei hatte der Fake funktioniert. Doch nun *musste* sie einen Weg finden, das Live-Bild vom Salon wieder verschwinden zu lassen, das sich seit Tagen immer wieder einschlich. Bevor die Sicherheitsfirma in Zürich herausbekam, dass das prächtige Anwesen ihres Auftraggebers von Fremden bewohnt war.

Emma hatte sich ein Wiedersehen mit Marco Bianchi Dutzende Male vorgestellt für den Fall, dass er je wieder aus Ungarn nach Lugano zurückkehrte. Die Bilder waren immer dieselben. Emma sah vor sich, wie sie im Commissariato in das Büro von Marco lief, in den Armen das noch immer ungeöffnete Geschenkpaket des Commissario. Es knallte, als sie das Paket vor ihm auf seinen Schreibtisch fallen ließ. Er riss die Augen auf, dann wandte sie sich um und stürzte durch die Tür auf den Flur. Sie hörte ihn hinterherrennen und rufen, während sie die Treppen nahm, immer drei Stufen auf einmal. Er beteuerte atemlos, wie sehr er ihre Zusammenarbeit vermisste. Dass nichts die Freude aufwog, die er verspürte, wenn er mit ihr zusammen einen Fall lösen konnte. In ihrer Vorstellung winkte sie ihm noch einmal gelassen zu, bevor sich die Tür des Commissariato hinter ihr schloss. Nach dieser letzten Begegnung bewegte sich Emma souverän in einer Welt, in der Commissario Marco Bianchi nichts, aber auch rein gar nichts mehr zur Sache tat.

Und jetzt war alles anders. Emma saß auf der Tribüne aus Paletten auf einem weichen Sitzkissen, das Marco ihr untergeschoben hatte. Er war gerade dabei, eine Decke passend zu falten, um sie ihr über die Knie zu legen. Dabei schaute er weiterhin konzentriert nach vorne zur Bühne. Die Kinder hatten »Ci vuole un fiore« beendet. Auf Marcos Unterarm hatten sich die Härchen aufgerichtet, bevor er ihn mit dem Jackenärmel wieder bedeckte. Während der Vorstellung tat Emma immer wieder so, als würde sie die stolzen Mamas und Papas beobachten, die den Auftritt ihres Nachwuchses mit ihren Handykameras aufzeichneten. Das gab ihr die Gelegenheit, den Commissario kurz von der Seite anzuschauen. Er sah einfach schön aus. Emma hatte ihn heute Nachmittag schon von Weitem auftauchen sehen. Marco war von Morbio Inferiore zu Fuß unterwegs, wie angekündigt, mit seiner Laptoptasche, die an der Hüfte baumelte. Sein weißer Hemdkragen leuchtete. Beim Parkplatz der Casa Rubio war er stehen geblieben und hatte sich umgeschaut. Dann war er das Sträßchen hochgekommen. Bei Emmas Campingbus auf halbem Weg hatte er gestutzt, war stehen geblieben. Er war unter das ausgezogene Vordach getreten, hatte das Tischchen mit den zwei Stühlen betrachtet, den Gaskocher und die Bialetti-Moka, die zwei Tassen, alles im warmen Licht der Gaslampe arrangiert. Er hatte gelächelt. Emma hatte es vom Kiesplatz oben erkennen können, wo sie halb verborgen hinter einer Linde stand. Sie war das Sträßchen hinunter bis zum Bus geschritten. Marco hatte ihr entgegengesehen.

»Das schönste Büro der Welt«, hatte er gesagt, noch immer mit diesem Lächeln im Gesicht. »Und das beste Team.«

Er deutete auf das Schild, das Emma unter dem Vordach fixiert hatte. »Tschopp & Bianchi. Für alle Fälle«, verkündete es in Schwarz auf weißem Blech im schönsten Retro-design.

»Und?«, fragte Emma. »Hast du es dir überlegen können? Zeit genug hattest du ja.« Sie biss sich auf die Zunge. Nicht gifteln, Emma.

Marco setzte seine Tasche ab, begrüßte Rubio, der die Streicheleinheit entgegennahm, ohne von Emmas Seite zu weichen. Dann richtete er sich auf und sah Emma ins Gesicht. Sein Lächeln war verschwunden.

»Ja. Ich bin dabei. Firmengründung spätestens ab 2022.«

Emmas Herz hatte einen Hüpfer gemacht. Sie fühlte ihr Gesicht heiß werden vor Freude.

»Im Ernst?«

Die Frage erübrigte sich. Emma erkannte es, noch während sie sprach.

»*Benvenuto, compagno.*« Sie streckte ihm die Hand entgegen. »Und jetzt erzähl. Je schneller wir den Fall Monte Genereso lösen, desto früher kannst du deine Kündigung einreichen.«

»*Wir?*«, fragte Marco.

»Ich unterstütze im Hintergrund«, sagte Emma. »Diskret und kostenlos. Aber zum letzten Mal«, fügte sie grinsend hinzu. »Machst du uns einen Kaffee, Commissario? Ich habe extra für dich den Wassertank installiert.«

Sie sah Marco zu, wie er die Bialetti aufschraubte und Emmas Camping-Konstruktion für fließendes Wasser mit Vergnügen nutzte. Sie stießen mit einem Espresso auf ihre künftige Firma an und diskutierten Varianten für eine Benennung. Der Name musste überlasteten Sicherheitsdirektionen auf einen Blick signalisieren, dass mit Tschopp und Bianchi zwei Vollprofis für ein Mandat zur Verfügung standen. Ihr Radius würde unbegrenzt sein, solange sie die Sprache der Auftraggeber verstanden. Sie schwelgten in Vorfreude auf spannende Fälle, die zudem noch einträglich waren. Dann kehrten sie in die Gegenwart zurück. Arbeit war angesagt. Weil es unterdessen kühl geworden war, gingen sie in die Casa Rubio hoch, setzten sich vor Emmas Cheminée und sortierten die Fakten zum Fall Monte Generoso, bis Frena energisch an die Tür klopfte. Es war Zeit, zur Abendvorstellung der Kinder auf dem Saceba-Gelände aufzubrechen.

Rubio kratzte sich ausgiebig. Er ignorierte Emmas Hand, die sich besänftigend auf seinen Nacken legte. Seine Haut juckte. Kein Wunder angesichts der Ewigkeiten, die er auf diesem Teppich ausharren musste. Bestimmt zehntausend Spinnentiere hatten sich schon eingenistet. Rubio hatte keine Chance. Waren ein paar davon weggeputzt, sprangen ihn neue an und hängten sich wie Kletten in sein Fell. Tag und Nacht ließen sie sich von ihm herumtragen, diese elenden Schmarotzer. Er konnte mit Krallen und Zähnen drohen, soviel er wollte. Sie verhöhnten ihn bloß. Etwas nur würde ihn von der Qual erlösen: Emmas Finger, die ausgiebig sein Fell durchpflügten, jeden Reiz besänftigten, dazu zwei Extra-Striegeleinheiten mit der Noppenbürste. Aber das fiel Emma nicht ein. Emma war beschäftigt. Rubio seufzte. Er erhob sich, schüttelte sich lange und heftig, bis zahllose Spinnentiere in alle Richtungen stoben. Dann platzierte er sich wieder, aber so, dass er möglichst wenig vom ekligen Teppich berührte. Und so, dass er ganz viel Raum zwischen Emma und diesem Mann einnahm.

Frena freute sich, ihre Schützlinge hatten wieder eine rundum gelungene Vorstellung gegeben. Es gab tosenden Applaus, Pfiffe und Gejohle. Als Zugabe sangen die Kinder nochmals das Eingangslied. Jetzt standen die Eltern in Gruppen und überboten sich gegenseitig darin, die besonderen Begabungen ihres Nachwuchses aufzuzählen. Die überdrehten Kinder tollten herum. Frena hatte ihre wachsamen Augen überall, lauerten hier rund um die ehemalige Zementfabrik doch viele Gefahren. Davide hatte es übernommen, dafür zu sorgen, dass kein Kind den abgesteckten Platz verließ und sich auf das Plateau aus Beton verirrte, das abrupt über dem Abgrund endete. Oder den Gittersteg über den Fluss betrat, der sehr glitschig war. Zu Davide hatte sich ein Mann gesellt. Sein Gesicht kam Frena bekannt vor. Es war sympathisch, braun gebrannt und ledrig. Das war einer, der oft im Freien war. Er ging bestimmt gegen die Sechzig, sah aber jünger aus. Zäh wirkte sein schlanker Körper. Die beiden steckten die Köpfe zusammen und plauderten angeregt. Frena überlegte noch immer, von wo sie den Mann kannte, als er sich von Davide verabschiedete.

»Aber, aber, Frenchen«, Davide drohte mit dem Finger, als sie ihn auf dem Weg zurück ins Tagesheim fragte, wer der nette Herr war. »Du wirst ihn doch in Ruhe lassen, den guten Adriano Tanner? Er ist bereits verheiratet.«

Jetzt fiel es ihr wieder ein. Sie hatte ein Foto von ihm auf irgendeiner Webseite gesehen. Er war beim Aufbau von alten Gebäuden im Valle di Muggio engagiert. Zudem war das Bewilligungsschreiben, dass ihr Tagesheim das Gelände der Saceba für Spiel und kleine Aufführungen nutzen durfte, mit einem Hinweis auf Haftung und Einhaltung von Pandemie-Schutzmaßnahmen mit seinem Namen unterzeichnet. Adriano Tanner war Präsident von »Pro Saceba«, einem Verein, der sich der Geschichte der Zementfabrik und landschaftlichen Wiederaufwertung nach ihrer Schließung verschrieben hatte.

»Und weißt du was?« Davide neigte ihr verschwörerisch den Kopf zu. »Er glaubt, dass er etwas gesehen hat. Du weißt schon. Wegen der toten Frau.«

»Tote Frau?«, flüsterte Frena.

»Ja. Ich habe ihm geraten, sich bei der Polizei zu melden.«

14

In der Nacht auf den Donnerstag, den 6. Mai 2021, erfuhr die breite Öffentlichkeit dank Newsportalen und mit Handykameras aufgenommenen Clips vom »Fall Monte Generoso«. Auf schweizweiten Portalen für Polizeimeldungen aller Kantone erschien eine kurze Meldung zum Fund der unbekannten Toten. In den sozialen Netzwerken wurde kommentiert und geteilt. Nutzerinnen auf Facebook zeigten sich berührt, in bewegenden Worten äußerten sie ihre Anteilnahme. Die Aktivistinnen unter ihnen waren entsetzt. Hier ging es um nichts anderes als einen weiteren Femizid. Ihre Facebook-Freunde widersprachen. Für einen Femizid gab es keine Hinweise. Die Freunde analysierten verwackelte Handyvideos von Wanderern, die vor Ort die Polizei bei ihrer Arbeit gefilmt hatten. Manche bezeichneten die Wanderer als Gaffer. Bilder einer Leiche im Sack zu posten war menschenunwürdig. Einer antwortete, dass die Leiche das ja nicht mehr mitkriegte, haha. Dutzende lachten mit. Einer schrieb, dass die Aufnahmen nichts taugten. Ob die alle besoffen waren beim Filmen? Einer erkannte unter dem Zelt auf der Trage Tracy Splinter, die seit 2016 als vermisst galt. Hunderte von Argumenten dafür und dagegen wurden gepostet. Bis einer fragte, wer Tracy Splinter war. Er wurde als Idiot beschimpft. Worauf die, die ihn beschimpften, als Arschlöcher beziehungsweise *assholes* bezeichnet wurden. Es gab einen Wortkrieg zwischen Idioten und Arschlöchern, bis einer zu mehr Frieden aufrief. Er erhielt 3521 Likes und wurde nur von dem getoppt, der sich über den Genderstern mokierte. Das

Gedicht einer FB-Nutzerin für die tote Frau vom Monte Generoso wollte daran erinnern, wer hier das wahre Opfer war. Die Daumen gingen hoch, die Gefühle auch. Tausende zeigten sich dankbar, und Tausende ließen Tränenbäche über ihre Gesichter fließen. Aber niemand vermisste die Frau.

15

Sie muss doch *irgendwo* gelebt haben«, sagte Emma. »Irgendwer sieht immer etwas. Wir brauchen unbedingt Hinweise aus der Bevölkerung.«

Sie sah Rubio zu, der sorgfältig seinen Napf ausleckte. Die zweihundert Gramm Premium-Trockenfutter, über Nacht in Wasser eingeweicht und zur Pampe aufgequollen, waren längst verschlungen. Sie hatten bereits den Morgenspaziergang hinter sich. Auf dem Rückweg weckte Emma den Commissario, der im Campingbus geschlafen hatte. Nachher würde sie ihn nach Lugano ins Commissariato fahren. Jetzt saßen sie mit Frena in der Küche des Tagesheims bei schwarzem Kaffee. Frena versuchte vergeblich, Marco ein richtiges Frühstück mit Müesli aufzudrängen. Er starrte in seinen Laptop. Nun stöhnte er leise auf.

»Das gerichtsmedizinische Institut hat eben den Bericht freigegeben.«

»Und?« Emma schoss von ihrem Stuhl hoch. Rubio zuckte zusammen und ließ von seinem Napf ab.

»Tod durch Exsikkose.«

»Exsikkose?«

Marcos Blick folgte hastig den Zeilen auf dem Bildschirm.

»Austrocknung. Der Körper hat so weit dehydriert, dass die Nieren versagten. Der Organismus hat sich selbst vergiftet.«

»Flüssigkeitsmangel?«

Marco sah zu Emma hoch. »Flüssigkeitsentzug.«

»Also kein Sterbefasten.«

»Ausgeschlossen. Dazu gehört Mundpflege, und die erhielt sie nicht.«

Emmas Zunge klebte am Gaumen, so trocken war ihr Mund plötzlich.

»Multiorganversagen. Wie lange es dauert, bis der Tod eintritt, hängt von vielen Faktoren ab.« Wieder las Marco. »Zwischen zwei und sechs Tagen. Aber alles weist darauf hin, dass dem Körper über längere Zeit keine Nahrung mehr zugeführt wurde. Vor dem Wasserentzug.«

Emma ballte die Fäuste. »Jemand hat die Frau verrecken lassen. Buchstäblich.« Sie musste sich zurückhalten, um nicht mit der Faust auf den Tisch zu schlagen.

»Und sie dann sauber gewaschen mit Schleierkraut bestattet.«

»Wenn man das Bestattung nennen kann.« Emma ließ sich auf den Stuhl sinken. »Sexueller Missbrauch?«

Marco schüttelte den Kopf. »Keine Anzeichen dafür.«

Emma bemerkte den Schmerz erst, als Rubio ihr den Kopf auf die Knie legte. Sie löste die geballten Fäuste. Ihre Fingernägel hatten kleine Kerben in den Handflächen hinterlassen.

Die Bitte der Untersuchungsbehörden um Mithilfe bei der Identifikation der Toten zeigte Wirkung. Hinweise aus der Bevölkerung trafen haufenweise ein. Bruno Costa auf dem Commissariato in Lugano fluchte, während er die »Spreu vom Weizen trennte«, wie er es nannte. Bei fünfundneunzig Prozent der Rückmeldungen war ihm sofort klar, worum es ging. Das waren zum einen Kopfgeburten von Irren, die ihren Fantasien freien Lauf ließen. Zum andern gab es Gelangweilte jeden Alters, denen Polizeimeldungen willkommene Abwechslung war. Bei ihnen wurde aus einer Mücke ein Elefant. Wenn die Nachbarin mit dem Kopftuch einmal nicht grüsste, geriet sie in den Verdacht, zu den Dschihadisten übergelaufen zu sein. Am weitesten gingen die Pensionierten. Bruno Costa erkannte sofort, wenn wieder einmal einer, der nichts Besseres mehr zu tun hatte, sich ein Vergnügen daraus machte, die Polizei auf falsche Fährten zu locken.

»Aber nicht mit mir, *che palle*!«

Bis am Mittag wollte der Chef alle Hinweise, denen man nachgehen musste. Die konnte er haben. Bruno Costa horchte auf. Aus dem Büro nebenan vernahm er die Stimme des Chefs. Obwohl sie die Türen geschlossen halten mussten, dieser *merda* von Covid-19 wegen. Er hatte richtig gehört. Der Chef hatte eben »Emma« gesagt. Bei diesem Namen stellten sich Bruno Costas Nackenhaare auf. Emma war diese *zücchina*, die sich für einen weiblichen Sherlock Holmes hielt. Eine Emanze vom Feinsten, auf den Hund gekommen, sozusagen. Wie hieß schon wieder dieser Köter, den sie für ganz gescheit hielt? Bereits in zwei Fälle hatte sie sich eingemischt: bei der toten jungen Frau aus dem Kanton Basel-Landschaft, die in der Pasta-fabrik von Meride im Kühlraum gefunden wurde. Und beim Schönheitschirurgen, der das Hochzeitsfest seiner Nichte in Morcote nicht überlebt hatte. Zugegebenerma-ßen, etwas Gutes musste Bruno Costa an Emma lassen. Wenn sie an den Ermittlungen beteiligt war, schwang sich der Chef zur Höchstform auf. Und jeder effizient gelöste Fall färbte auch auf den Mitarbeiter ab. Das konnte der Karriere auf keinen Fall schaden. Im Gegenteil. Bruno Costa grinste. Ohne Zweifel. Der Chef säuselte ins Telefon, auf der anderen Seite der dünnen Wand. Damit war auch geklärt, warum seine Frisur heute nicht in Form gebracht war. Der Chef hatte an einem Ort übernachtet, an dem es keinen Haargel gab.

17

Im Verein Amici della Valle di Muggio war man ebenfalls erschüttert über den Fall Monte Generoso. Der
Verein hatte sich 1980 mit der Absicht konstituiert, vom
traditionellen Heimatmuseum wegzukommen und ein
neues Konzept zur Dokumentation der Landschaft und
der Geschichte des Tales zu entwickeln. Die Gründer
wollten nicht noch eine weitere Anhäufung historischer
Gegenstände in einem Haus versammeln. Sie hatten zum
Ziel, Zeugnisse der Vergangenheit an Ort und Stelle zu
restaurieren und zu bewahren, ihre einstige Funktion verständlich zu machen und den Blick für die Landschaft und
ihren Wandel zu schärfen. Dafür setzten sich nun seit mehr
als vierzig Jahren engagierte Menschen ein. Das Zentrum
des »Museo storico della Valle di Muggio« wurde in einem
prächtigen Palazzo der Familie Cantoni in Cabbio eingerichtet. Ein plastisches Modell und eine interaktive Station
bereiteten dort Besucherinnen und Besucher auf die Landschaft und Geschichte des Muggiotals vor. »Geht hinaus
und entdeckt unsere Schätze!«, war die Botschaft. Der historische Reichtum lag über die ganze Region verteilt. Zum
Beispiel die Dörrhäuser für Kastanien, »Graa« genannt, die
Nevère, Roccoli, Brunnen und Waschhäuser, Trockenmauern, die Mühle von Bruzella. Der Verein war für Wieder-
aufbau und Unterhalt besorgt, aber nicht, dass es damit getan wäre. Wiederaufleben lassen und Vermitteln war sein
Anliegen. So wurde die Graa unter dem Motto »Lebendige
Tradition« seit einigen Jahren im Herbst wieder in Betrieb
genommen, und freiwillige Helferinnen und Helfer führ-

ten in die Kunst des Dörrens ein. Das Dreschfest Anfang November war ein beliebter Treffpunkt für Einheimische und Touristen. Und in der Mühle an der Breggia, erstmals 1298 erwähnt, 1996 restauriert, mahlte das Team wie in früheren Zeiten Mais, den seltenen roten Tessiner Mais, der als ausgestorben galt, bis die Stiftung ProSpecieRara ein paar Körner entdeckte. Zwanzig Tonnen Polentamehl pro Jahr entstanden dort, die Kunst der historischen Müllerei war gemeinsam mit einem alten Müller autodidaktisch erlernt worden und wurde in Führungen auf Italienisch, Französisch und Schweizerdeutsch für alle demonstriert, die mehr wissen wollten. Ein Highlight im Valle di Muggio waren auch die Nevère, Kühlschränke nach alter Väter Sitte. Wer hineinschaute – an dieser Stelle stockte die Präsidentin des Vereins Amici della Valle di Muggio kurz –, konnte erkennen, dass sie zu drei Vierteln in den Untergrund gebaut waren, kunstvoll in Trockenmauermanier, also ganz ohne Mörtel. Vor der Pandemie waren die Nevère auf Nadigh und Génor nur mit einem Schlüssel zugänglich gewesen, den die Besucherinnen und Besucher im Museo in Cabbio abholen mussten. Aber weil das Museum geschlossen war, hatte der Verein beschlossen, seine Schätze zugänglich zu halten, damit jedermann, damit alle … An dieser Stelle schnürte es der Präsidentin des Vereins Amici della Valle di Muggio endgültig die Kehle zu. Sie unterbrach ihren Redefluss. Der Journalist streckte ihr weiterhin ungerührt das Mikrofon entgegen. Die Präsidentin wies nochmals mit einer hilflosen Geste auf die Casa Cantoni hinter sich, deren blaugraue Fassade sich für die Kamera von tio.ch im besten Sonnenlicht präsentierte. Aber ihr fiel nichts zur Frage des Journalisten ein, warum ausgerechnet ihr verwunschenes »Val da Mücc«, diese stille und archaische Welt, Verbrecher dieser Art anzog.

Miriama riss die Augen auf. Sie sah zuerst nichts, orientierte sich dann im Halbdunkel. Da waren dunkelgraue Schatten, ein paar helle Streifen. Sonnenlicht. Miriamas Kleider klebten am Körper, nassgeschwitzt. Ihre Glieder waren bleischwer, der Kopf schmerzte. Ein Geräusch hatte sie geweckt. Sie hatte tief geschlafen, hier auf dem Sofa im Salon der Villa Santa Chiara. Wie lange? Neben ihr lag der Laptop, am Boden das Handy. Sie hob den Kopf.

»Davide?«

Sie horchte ihrer krächzenden Stimme nach. Wie lange schon hatte sie nicht mehr gesprochen?

»Davide, bist du es?«

Stille. Das Pochen in ihrem Kopf verstärkte sich, als sie sich aufsetzte. Sie verharrte mit angehaltenem Atem. Da. Da war es. Eine Tür, die geschlossen wurde. Miriama erkannte jetzt das Geräusch. Vorhin wurde die Eingangstür geöffnet. Jemand war im Haus.

»Simon?« Stille. »Simon, bist du da?!«

Sie tastete nach dem Laptop. Die Überwachungskamera zeigte eine leere Eingangshalle. Miriamas Kopf drohte vor Schmerz zu zerspringen, als sie sich nach dem Handy bückte, das sie auf stumm geschaltet hatte. Das Display blieb schwarz. Der Akku war leer.

19

Es war Emmas erste Online-Besprechung. Frena hielt unterdessen die Kinder allein in Schach.

»Ich übernehme hier, Emma«, hatte sie gesagt. »Wann immer es nötig ist. Aber versprich mir: Ihr fasst den Unmenschen.«

Die Vorzüge einer Online-Besprechung waren für Emma sofort klar. Man konnte währenddessen essen. Und in aller Ruhe die Gesichter der anderen Sitzungsteilnehmer studieren, ohne unanständig zu wirken. In ihrem Fall waren das Marco Bianchi und sein Mitarbeiter Bruno Costa. Die beiden befanden sich im Commissariato Lugano. Hinter Costa schmückte ein Poster des FC Lugano die Wand. In Marcos Büro war alles so unscharf, dass ihre Augen ein wenig schmerzten beim vergeblichen Versuch, seinen Hintergrund scharf zu stellen. Sein Kopf wirkte, als ob ihn ein Kind nachlässig ausgeschnitten und aufgeklebt hätte.

»Aber«, sagte Costa, während Emma eine Gabel voll Bärlauchspätzle in den Mund schob. Er hatte seinen Bericht zu den Hinweisen aus der Bevölkerung unterbrochen, »sollte Signora Tschopp sich nicht auch an die Regeln halten?«

»Rede doch direkt mit mir, Bruno«, antwortete Emma kauend. »Außerdem waren wir bereits beim Du.« Sie schluckte, schob eine neue Portion auf ihre Gabel. »Erinnerst du dich? In der Osteria am See in Morcote. Du hast Wasser getrunken, ich Weißwein.«

»Aber«, sagte Costa. »Das hier ist ernst.«

Emma ließ die Gabel in den Teller fallen, erhob sich, packte den Computer und ging nach draußen auf den

Kiesplatz, wo zwölf Kinder ihr Mittagessen bereits beendet hatten und das übliche Chaos beim Abräumen und Wi-
schen der Tische veranstalteten.

»Schau gut hin, Costa!«, rief Emma, während sie mit der
Computerkamera das Geschehen einfing. »Das hier ist
mein Job, den gerade andere übernehmen. Weil das, was
du zu sagen hast, so ernst ist. Und jetzt«, sie kehrte in ihr
ruhiges Zimmer zurück und stellte den Laptop wieder auf
den Tisch, »jetzt spuck's endlich aus und lass mich dazu
mein Mittagessen essen.«

20

Nur eine dürftige Auswahl an Hinweisen aus der Bevölkerung zum Fall Monte Generoso gehörten gemäß Bruno Costa zu denen, die ernst genommen werden mussten. Ein betagtes Paar aus Chiasso meldete den ungeklärten Fall seiner Tochter, die vor dreiundsechzig Jahren verschwunden war. Ein Bürger aus Castel San Pietro konnte zwar keinen Bezug zur Leiche schaffen, wies aber auf die Villa Turconi in Castel San Pietro hin, die von einer Stiftung betrieben wurde, deren Machenschaften seines Erachtens intransparent, wenn nicht höchst verdächtig waren. Die riesige aristokratische Villa mit Park und Landgut eignete sich seiner Ansicht nach vorzüglich dazu, einen Menschen aufzunehmen, um ihn dann über die Jahre verschwinden zu lassen. Adriano Tanner aus Bruzella meldete eine Beobachtung, die er am Samstag, dem Tag der Arbeit, um circa elf Uhr von der Alp Génor aus gemacht hatte. Er hatte gesehen, wie sich auf der Alp Nadigh etwas Dunkles bewegt hatte. Ob es ein Mensch oder ein Tier war, vermochte er nicht mit Sicherheit zu sagen. Drei Hinweise gingen aus Scudellate ein. Die Absender wollten anonym bleiben. Ihre Personalien gaben sie erst an, als Costa ihnen deutlich machte, dass anonyme Hinweise nicht entgegengenommen wurden. Person Nummer 1 beobachtete seit sieben Wochen das Turmgeschoss der Villa Santa Chiara. Dort ging das Licht hinter geschlossenen Fensterläden zu allen erdenklichen Tages- und Nachtzeiten an. Die Person hatte ein Protokoll geführt, das sie der Polizei zukommen ließ.

Seit letztem Samstag war es dort oben dunkel geblieben. Person Nummer 2 schickte eine Aufnahme des Dorfes, die sie mit einer Drohne gemacht hatte. Auf ihr war das Turmgeschoss der Villa Santa Chiara von der Talseite her zu sehen und damit ein kleiner Balkon, der vom Dorf her verborgen blieb. Auf dem Balkon war eine winzige Gestalt auszumachen, die etwas in die Höhe hielt, vermutlich ihren Arm. Person Nummer 3 wohnte an der Via Caserma, dreißig Meter Luftlinie von der Villa entfernt, und hörte regelmäßig ein Wimmern, wenn der Wind vom Tal her zu ihr hochwehte. Sie hatte das Geräusch als Tierlaut eingeordnet und wieder vergessen, bis sie die Meldung vom Fall Monte Generoso las.

»Das ist alles?«, fragte Emma.

»Zu all dem«, fuhr Costa fort, ohne sie zu beachten, »kommen dreizehn Meldungen zur selben Person. Alle Angaben fundiert und mit Absender.«

»Das kann nur eine Person sein«, sagte Emma. »*Il folle* in seinem Vogelturm oben. Ich kann die vierzehnte Meldung beisteuern. Ein sehr unangenehmes Erlebnis meiner Kollegin Frena Lehner. Wirklich verstörend. Aber trotzdem.« Sie schüttelte den Kopf. »Der arme Mann.«

»Armer Mann!«, fuhr Costa auf.

»Emma«, schaltete sich Marco ein. »Sebastian Bart weist wiederholt auffälliges Verhalten auf. Seine Lebensumstände ermöglichen es theoretisch, dass er die Frau über längere Zeit verborgen gehalten und getötet hat.«

»Jaja«, murmelte Emma, hatte ihr Mikrofon aber zuvor stummgeschaltet. »Legt doch euren Ermittlungsfokus auf den armen Irren. Nur zu.«

Sie zappelte vor Ungeduld, sich in ihren Bus zu setzen und nach Scudellate hochrasen zu können. Diese heilige Villa Chiara musste dringend überprüft werden, selbst wenn ihr liebenswürdiger Mitarbeiter dort lebte. Oder gerade *deswegen*. Beim Gedanken an Davide wurden Emmas Hände schweißnass.

Schöne Landschaften vermochten Emmas Aufmerksamkeit auf sich zu ziehen, selbst wenn sie am Steuer ihres vw-Busses saß. Aber während den dreißig Minuten Fahrt hinauf nach Scudellate richtete Emma ihren Blick auf die Straße. In Gedanken war sie beim Turmgeschoss der Villa Santa Chiara, wo die Lichter hinter geschlossenen Fensterläden an- und ausgingen und eine Gestalt auf dem kleinen Balkon winkte. Von wo ein Wimmern zu hören war, wenn der Wind aus dem Tal heraufwehte. Was genau hatte Davide vor ein paar Wochen in der Küche gesagt? Als Frena ihn wieder einmal darüber auszuhorchen versuchte, wie er dazu kam, in der Bonzenvilla zu wohnen, und wie genau diese Wohngemeinschaft zusammengesetzt war?

»Ein reicher Papa. Nicht meiner«, hatte er gemeint und Frena in seiner üblichen scherzhaften Art angeboten, sich der wg anzuschließen. Die Frage, wer dort mit ihm wohnte, blieb unbeantwortet. Davide hatte sich auch entzogen, als Emma ihn am Vortag auf seine Unruhe angesprochen hatte. Sein Blick hatte geflackert, ein lockerer Spruch war ausgeblieben. Das fiel Emma jetzt erst auf, als sie sich die Szene nochmals vor Augen führte. Sie hätte auf einer klaren Antwort beharren müssen. Emma ging die Gespräche der letzten Monate auf Aussagen durch, die irgendetwas zu den Lebensumständen von Davide aussagten. Da war nichts. Es gab keine einzige Information zusätzlich zu dem, was im Lebenslauf zu lesen gewesen war. Sie wusste nichts darüber, was er in seiner Freizeit gerne tat. Mit wem und womit er jene Stunden verbrachte, die er nicht in der Casa Rubio arbeitete. Was sie wusste, war: Davide mochte Kinder und Rubio. Er rauchte Parisienne Box Orange ohne Zusatzstoffe. Er hasste Knoblauch (und Bärlauch). Er trug Kleider, die Emma gefielen. Viel zu teuer für sein Einkommen, fand Frena. Er ließ sich private Pakete an die Adresse der Casa Rubio liefern, zum Ärger von Frena. Pakete waren gefälligst an die Wohnadresse zu senden. Einmal war Davide zu spät und nicht mit dem eigenen kleinen Fiat zur Arbeit erschienen, sondern wurde auf dem Parkplatz unterhalb der Casa Rubio abgesetzt. Emma konnte sich daran erinnern, weil ihr sanfter Rubio, für den die gesamte Menschheit zu einem einzigen geliebten Rudel gehörte, einen Riesenaufruhr veranstaltet hatte. Er war mit gesträubtem Fell das Sträßchen hinuntergerannt, hatte geknurrt und gebellt, dabei Davide ignoriert und die Fahrerseite belagert. Ein paar erschrockene Kinder waren zu Emma geflüchtet. Sie war damit beschäftigt gewesen, die Kinder zu beruhigen und Rubio zurückzurufen. Vom Fahrer, den Rubio so aufregend fand, hatte sie kein Bild, auch vom Auto nicht. Aber etwas sah sie jetzt wieder ganz deutlich vor sich. Das Paket vom Coop, das Frena vor ein paar Monaten aus Versehen geöffnet hatte, enthielt Getreidebrei zum Anrühren im Vorteilspack.

»Für Babys ab dem sechsten Monat«, hatte Frena wiederholt, als sie Emma von ihrem Lapsus erzählte. »An Davide adressiert. Was meinst du dazu?«

Gar nichts hatte Emma dazu gemeint. Essen war Privatsache, persönliche Lieferungen sowieso. Sie hatte Frena geraten, Davide das geöffnete Paket mit einer Entschuldigung zu überreichen und künftig besser darauf zu achten, wessen Post sie öffnete. Dann hatte sie die Geschichte wieder vergessen. Bis jetzt, wo sie ans Turmgeschoss der Villa Santa Chiara und die winkende Gestalt auf dem Balkon denken musste.

»Rubio!«, rief Emma mit einem Blick in den Rückspiegel. »Aufstehen, wir sind bald da.«

Sie öffnete das Fenster einen Spalt breit. Die Bärlauchspätzle vom Mittag lagen schwer im Magen, wenn Emma sich wieder das Bild vor Augen hielt. Die winkende Gestalt auf dem Balkon der Villa Santa Chiara hatte sich in ein wimmerndes Wesen hinter geschlossenen Fensterläden verwandelt. Es wurde mit Anrührbrei vom Coop aus Davides Paket gefüttert. Obwohl es längst kein Baby mehr war.

22

Emma hatte geplant, sich der Villa Santa Chiara unauffällig zu nähern. Sie wollte den Bus eingangs des Dorfes parken und dann in die Richtung gehen, aus der sie gekommen war. Sie würde beiläufig der Umfriedung entlangspazieren, als würde sie ihren Hund Gassi führen, ihn hier und dort schnuppern lassen, während sie in Ruhe das Anwesen scannte. Aber Rubio durchkreuzte den Plan. Er begann schon bei der Osteria Manciana oben an der Leine zu zerren, mit gesträubtem Fell, und zog Emma die Via Principale hinunter. Zwanzig Meter vor dem Grundstück der Villa Santa Chiara begann er zu knurren. Er verstummte, als Emma ihn zurechtwies, setzte sich artig hin und schnappte sich seine Belohnung: ein Leckerli so klein wie ein Kügelchen, blitzschnell verschlungen. Er ging brav bei Fuß weiter, knurrte ein paarmal, als Husten getarnt. Rechts der Straße erstreckte sich eine durchgehende Wand aus Metall, die einzig von ein paar kümmerlichen Flechten durchbrochen war, die sich hier anzusiedeln versuchten. Rubio begann wieder zu bellen. Sie standen nun vor der Einfahrt, die von Kameras überwacht wurde und erahnen ließ, dass die Metallmauer sich hier nur für diejenigen auseinanderschob, die in der Villa Santa Chiara willkommen waren. Einen Schlüssel brauchte es dafür keinen. Hier mussten Hightech-Tests bestanden werden. Einen Klingelknopf gab es. Er sah aus, als ob ihn nie jemand benutzte. A. C. war daneben diskret ins Schildchen geprägt. Hier also ging Davide täglich ein und aus. Emma versuchte nochmals vergeblich, einen Blick auf das Gebäude hinter dem Schutzwall zu erhaschen. Sie wartete noch ein wenig, darauf setzend, dass sich jemand von jenseits der Metallmauer melden würde, aufgebracht von so viel Gebell.

»Die sind weg.«

Emma fuhr herum. Ein missmutiges Gesicht sah auf sie herunter. Es war voller Pickel und gehörte zu einem sehr großen Jungen, den Emma auf vierzehn oder fünfzehn schätzte. Er wandte den Blick von ihr ab, seinem Handy zu. Er hielt es mit der Rechten in die Höhe und scrollte blitzschnell mit dem Daumen.

»Was zahlen Sie für die Videos?«

Er zuckte zusammen, als Rubio ihn mit der Schnauze anstieß, schwanzwedelnd nun und mit Lefzen, die vom Ärger trieften.

»Und nehmen Sie Ihren Bullenhund weg. Sie sind doch ein Bulle?«

Der Junge hatte etwas drauf. Emma hoffte, dass die Aufnahmen genauso viel hergaben wie sein Instinkt.

»Leider nein«, sagte sie. »Ich arbeite mit Kindern.«

Der Junge verzog angewidert das Gesicht und steckte das Handy ein.

»Nachbarn filmen ist verboten. Wenn du mir die Videos zeigst«, Emma deutete auf seine Hosentasche, »petze ich nicht.«

Der Junge riss die Augen auf. »Das ist Erpressung.«

»Aber sicher«, sagte Emma. »Wer Nachbarn ausspioniert, macht sich erpressbar. Wo können wir sie in Ruhe anschauen?«

23

Emma und der Junge setzten sich auf ein Mäuerchen ein Stück weiter weg von Straße und Haus, verborgen vor neugierigen Blicken aus dem Dorf. Rubio hatte sich beruhigt und legte sich zu Füßen des Jungen auf den Weg. Emma sah sich die Videos an. Es waren nur zwei. Der Junge hatte eine ruhige Hand, die Perspektive hingegen war suboptimal. Die Szenen waren von oben gefilmt, aus zu großer Entfernung. Schicken wollte er ihr die Videos nicht, weil sie nur mit Kindern arbeitete und kein Bulle war. Aber Emma hatte keine Mühe, innerlich Bilder abzuspeichern.

Im ersten Film stand ein silberner BMW (»Ein X7, so einer kostet mindestens hundertzwanzigtausend!«) vor dem Tor der Villa Santa Chiara, das sich langsam öffnete. Dahinter wurden ein ausladender Wendeplatz und ein Stück orangene Garagenfassade sichtbar. Vom Autokennzeichen waren die Zahlen nicht entzifferbar, bloß die Buchstaben ZH (»Immer derselbe Scheißzürcher.«). Den Menschen am Steuer sah man nicht. Der Film dauerte eine Minute und neunzehn Sekunden.

Der zweite Film war um 12.34 Uhr aufgenommen worden, eine Stunde und einundfünfzig Minuten später. Der BMW fuhr durch das offene Tor und blieb stehen, bis sich das Tor wieder geschlossen hatte. Dann bog er in die Via Principale ein, in die Richtung, die ins Tal hinunterführte. Emma hatte versucht, hinter der Windschutzscheibe Konturen auszumachen. Vergeblich. Auch hier blieb die Autonummer unscharf.

»Wie oft kommt er?«, fragte Emma.

Der Junge zuckte mit den Schultern. »Was weiß ich? Mich interessiert nur der X7. Hundertzwanzigtausend, Alter!«

»Reicher Papa«, sagte Emma.

»Menschenhändler«, sagte der Junge. »Und der Schwule ist sein Angestellter.«

»Du meinst Davide?« Emma spürte einen kleinen Stich im Herzen.

»Was weiß ich, wie der heißt. Der Blonde im Fiat Panda.«

»Und wo sind die Menschen, mit denen sie handeln?«

Am liebsten wäre Emma aufgesprungen und davongelaufen. Von solch abstrusen Fantasien wollte sie nichts wissen. Aber die Polizistin in ihr klopfte ihr auf die Finger. Hinschauen, Emma. Jedes Szenario durchgehen. Auch wenn es noch so unwahrscheinlich schien. Und wenn persönliche Verbindungen da waren erst recht.

»Alle fort«, sagte der Junge. »Heute holte er die Afrikanerin.«

»Und wie sieht dein Menschenhändler aus?« Emmas Hals war sehr trocken. Ein Bier würde jetzt helfen.

»Nie gesehen. Hockt immer in seiner Karre, wenn er kommt und wieder fährt«, sagte der Junge und streckte die Hand aus. »Kann ich mein Handy wieder haben?«

»Und warum«, Emma knallte sein Handy aufs Mäuerchen. Ihr war plötzlich heiß vor Wut. »Warum *tut* niemand etwas in diesem Scheißdorf?«

»Die Bullen rufen? Die machen eh nichts, wenn Bonzen beteiligt sind.« Der Junge hatte sich erhoben und das Handy eingesteckt. »Tun *Sie* doch etwas.« Er sah auf sie herunter, streifte Rubio mit einem verächtlichen Blick, der aufgesprungen war und schwanzwedelnd zu ihm hochsah. »Mit Ihrem Bullenhund.«

Rubio wollte in die Richtung weitergehen, in die der Junge verschwunden war. Nur widerwillig folgte er Emma. Sie eilte zum Bus zurück.

Aus dem Augenwinkel sah sie den Wirt der Osteria Manciana auf der Terrasse stehen, eine Zigarette rauchend. Das Restaurant war wegen Umbauarbeiten geschlossen. Emma war kurz versucht, auf ein Schwätzchen stehen zu bleiben, noch eine Stimme zu den Vorgängen in der Villa Santa Chiara zu hören. Sie entschied sich dagegen. Sie musste dringend Davide ein paar Fragen stellen. Seine lockeren Sprüche konnte er nun definitiv stecken lassen. Das hier war ernst. Sehr ernst.

24

Beim Roccolo über Scudellate war die Maus verschwunden. Zu viele Schritte hatten den Boden rund um den Turm erzittern lassen. Der Bussard war noch da. Er kreiste über den Baumkronen. Auf dem Trampelpfad den Hang hoch richteten sich die Gräser langsam wieder auf. Ein paar blieben liegen, geknickt unter schweren Tritten. Zwei kurze Beine hatten sich den Hang zum kleinen Stall hoch bemüht, einen keuchenden Mann tragend. Sebastian Bart hatte ihn gehört, als er noch weit weg war. Da kam einer dieser Spezies daher, die sich Homo sapiens nannte. Verstehend, weise, klug und vernünftig. Einer von denen, die sich selbst als höhere Säugetiere sahen, sich im Tal unten zu Hunderttausenden in Ballungsräumen übereinanderstapelten. Hier kam einer, der Schafe und Schweine aß, Rinder, Ziegen und Hühner. Und keinem einzigen Tier hatte er selbst den Hals umgedreht, das Bolzenschussgerät aufgesetzt und abgedrückt, mit Kohlendioxid vergast. Sebastian Bart hatte gelächelt und den Mann freundlich vor dem kleinen Stall empfangen. Er hatte ihn zu sich ans Feuer gebeten, mit der Gabel im blechernen Topf gestochert, der über dem Feuer hing. Als der aufkommende Spätnachmittagswind drehte, bot Sebastian Bart seinem Gast an, den Platz zu wechseln. Der Mann wollte nicht. Auch einen Napf vom Eintopf lehnte er ab, den Sebastian Bart eingekocht hatte: Alpgräser und Kräuter, seit zwei Tagen in reinstem Quellwasser gekocht. Im edlen Sud schwammen ein paar Meisen, fein säuberlich von jeder Feder befreit, alle Fasern ihres Fleisches zart gegart. Der Mann wusste die Gastfreundschaft von Sebastian Bart nicht zu schätzen. Er sprach mit lauter Stimme, die in seinen Ohren schmerzte. Er fuchtelte mit den Händen, dass Sebastian Bart ganz schwindlig wurde. Als der Mann fortfuhr, auf den Roccolo zu zeigen, als der Mann ihn dort hinunter zum Turm zwingen wollte, da konnte Sebastian Bart sich nicht mehr zurückhalten. Er riss seinen Mund weit auf und beugte sich blitzschnell vor. Er biss zu. Der Finger vom Homo sapiens war zuerst weich und dann hart. Der Schrei des Mannes ließ sein Trommelfell bersten. Sebastian Bart hörte eine Weile lang bloß ein Rauschen, keinen Wind. Er vernahm die Schreie der Alpendohlen erst wieder, als der Mann längst weg war, als er sich im Tal unten zu den anderen höheren Säugetieren gesellte. Zu denen, die keiner Seele etwas zuleide taten, keinem schönen Vögelchen ein Knöchelchen brachen. Sebastian Bart war wieder vollkommen ruhig. Er lächelte. Der Speichel glänzte nicht mehr auf seinen braunen Zähnen, weil es schon schattig war. Aber ein bisschen Blut vom Homo sapiens klebte daran. Eine winzige Spur war es nur.

Die zweite Online-Besprechung im Leben von Emma war kurz. Emma hätte gerne ein Bier dazu getrunken, hielt sich dann aber zurück. Nicht unnötig provozieren, Emma. Costa hatte die Fahrt zurück ins Commissariato für die Sitzung unterbrochen. Er sah mitgenommen aus, ein bleiches Gesicht füllte das wackelige Bild. Das Poster vom FC Lugano in seinem Rücken war verschwunden und wurde von Kopfstütze und Heckscheibe ersetzt. Er hielt einen weißen Klumpen in die Handykamera, der sich beim zweiten Blick als sein rechter Mittelfinger entpuppte.

»*Il folle* ist gefährlich!«, rief er. »Wer glaubt, dass der Mann nur ein bisschen wirr im Kopf ist, geht fahrlässig mit Leib und Leben von Menschen um!«

Costas Bericht ließ sich in drei Sätzen zusammenfassen. Sebastian Bart hatte sich illegal im Stall beim Vogelfängerturm eingenistet. Von da aus war es ein Kinderspiel, einen Menschen im Roccolo eingesperrt zu halten. Der Turm musste zwingend ins Visier genommen werden, und sei es ohne Durchsuchungsbefehl.

»Nur zu, Bruno«, sagte Marco. »Die Präsidentin des Vereins Amici della Valle di Muggio macht bestimmt eine Führung für dich.«

Emma grinste still in sich hinein. Der Commissario saß in seinem Büro und sah ernst aus.

»Emma«, sagte er nun. »Auf dich wartet Signora Beltrano.«

Emma zog fragend die Augenbrauen hoch.

»Im Oratorio der Chiesa dei Santi Quirico e Giulitta in Novazzano. Ich schicke dir ihren Kontakt.«

»Und was hat sie mir zu erzählen?«, fragte Emma.

»Eine Geschichte, die Bruno dem Spreu zugeordnet hat. Ich sehe sie eher beim Weizen.«

Costa verzog das Gesicht zu einer Grimasse. »Die Alte hat mir den Kopf vollgelabert. Über Fußnägel.«

»Und hier klingelte Signora Beltrano Sturm«, sagte Marco. »Bis sie jemanden fand, der sie ernst nahm.«

Emma brauchte einen Moment, um das Gesagte einzuordnen. »Alles klar. Fußnägel passen zur Beschreibung.« Ihr wurde kalt. »Die Haare der Toten sind gewaschen, Finger- und Fußnägel geschnitten.«

»Die Alte will zehn Fußnägel gefunden haben«, mischte sich Costa ein. »In einem Beutelchen, schön verpackt.«

Emma sprang auf. »Ich hole es!«

Costa lächelte hämisch. »Viel Spaß.«

»Das Beutelchen ist verschwunden«, sagte Marco. »Sie hatte es dem Priester der Chiesa dei Santi Quirico e Giulitta überlassen. Und der kann sich an nichts erinnern.«

»Ein Priester?« Emma setzte sich wieder. »Warum geht in mir ein Alarm los, wenn ein Priester ins Spiel kommt?«

»Weil du ein Vorurteil gegenüber Priestern hast«, meckerte Costa.

»Ach. Stimmt«, gab Emma zurück. »Es geht hier ja nicht um missbrauchte Kinder.«

Sie riss die Kopfhörer aus den Ohren. Auf nach Novazzano. Der Auftrag kam ihr gerade recht. Er lenkte sie vom angeblichen Menschenhändler aus Zürich ab, dem sie keinen Schritt nähergekommen war.

»Wo ist Davide?«, hatte sie verblüfft gefragt, als sie vorhin von ihrem Ausflug nach Scudellate zurückkehrte.

»Er musste rasch weg«, sagte Frena. Sie war von einem

Rudel Kinder umgeben, die alle gleichzeitig eine Anleitung zu den Stangensellerie-Gurken-Schnecken wollten. »Er kommt zur Vorstellung heute Abend zurück.«

»Und warum musste er so rasch weg?«, fragte Emma.

Wieder spürte sie diesen kleinen Stich. So als ob das Herz sich über etwas beschwerte, das ihr Hirn nicht wahrhaben wollte.

»Seine Mama. Irgendetwas mit ihrem Auto.« Frena zuckte mit den Schultern. »Er hat einen Spruch gemacht und husch – war er weg. Du kennst ihn doch.«

Genau das bezweifelte Emma mit jeder Stunde mehr: dass sie Davide Motta kannte.

26

Laut Google Maps dauerte die Autofahrt vom Tagesheim im Grotto del Mulino zur Chiesa dei Santi Quirico e Giulitta in Novazzano neun Minuten. Emma wählte die Strecke via Centro Shopping Serfontana. Sie fuhr an Otto's Schnäppchenmarkt vorbei, an Aldi Suisse, Lidl Svizzera. Es gab einen Animal Service und Autotrasporti entlang der Route. Hässliche Werkhallen reihten sich aneinander, Logistics & Services, Engineering, Consultinvest. Emma hatte ausreichend Zeit, alles zu betrachten. Sie stand im Stau, und wenn's hochkam, konnte sie ihren Campingbus ein paar Meter vorwärts rollen lassen. Anhalten. Warten. Rollen. Eine Autowaschanlage, ein Autoreifengeschäft, eine Werkstatt. In diesem Gebiet gab es Dutzende von Möglichkeiten, einen Menschen zu verstecken. In einem der Nebengebäude, Container, Hinterzimmer, die sich zwischen den Firmengebäuden verbargen. Hier war es theoretisch möglich, eine Frau über Wochen oder Monate zu verstecken. Aber, und hier stieß Emma in ihren Überlegungen immer an dieselbe Grenze: Wie kam es, dass die Frau so etwas mit sich geschehen ließ? Wenn einer sie festhielt, musste sie sich doch dagegen wehren. Mit allen Mitteln. Kratzen, beißen, brüllen. Die Frau musste Fluchtwege finden, sich Finten ausdenken, wenn der Peiniger abwesend war. Die Frau konnte zumindest ans Fenster, gegen Wände schlagen. Denn in Ketten gelegt war sie nie gewesen, das hatte der Bericht festgehalten, auch irgendwelche Substanzen – zumindest kurz vor dem Tod – hatte man nicht in ihrem Körper gefunden. Emma stockte wieder der Atem, wenn sie den Schluss zuließ, der sich aufdrängte: Die Frau hatte sich ihrem Peiniger unterworfen. Sie kratzte, biss und brüllte nicht. Sie blieb einfach dort, wo sie war.

»*Porca miseria*!«, rief Emma und schlug auf das Lenkrad, unschlüssig, was sie mehr aufbrachte: Eine Tote, die sie zwischen Mitgefühl und Entsetzen pendeln ließ, dieser blöde Stau hier oder die Erkenntnis, dass sie als Ermittlerteam einen blinden Fleck hatten.

»Der Täter«, murmelte sie. »Warum denken wir ausschließlich an einen Mann?«

Als ob es keine starken Frauen gab. Frauen mit Willen und Kraft, die zu allem fähig waren, im Guten wie im Bösen.

»Nicht wahr, Rubio?«

Rubio war beim Schlag aufs Lenkrad vom Rücksitz hochgeschreckt und blies ihr hechelnd seinen warmen Atem ins Genick. Emma zwängte ihren Arm nach hinten und kraulte ihn kurz, bevor der Bus wieder ein paar Meter rollen konnte. Sie ließ rechts die Logistics & Services von Caffè Chicco D'oro hinter sich. Die Autokolonne bewegte sich nun schneller. Das Handy zeigte 17:08 Uhr, sie würde Viertel nach fünf gerade noch so schaffen, wie mit Signora Beltrano vereinbart.

»Seien Sie pünktlich!«, hatte die Dame ins Telefon gerufen. »Ich habe danach noch etwas vor!«

Emma lächelte vor sich hin. Das hatte sie auch.

27

Novazzano war ein Tessiner Dorf ohne Touristenströme. Auf den Gehsteigen gingen ausschließlich Menschen, die hier wohnten. In den Autos saßen nur jene, die auswärts arbeiteten und jetzt nach Hause wollten. Emma umkreiste einmal die Kirche und fand mit viel Glück eine Lücke auf dem benachbarten Parkplatz. Sie gewährte Rubio kurz, zwei Bäume zu markieren, und zerrte ihn weiter zur kleinen alten Dame vor dem Portal der Pfarrkirche Quirico e Giulitta. Das musste Signora Beltrano sein, die jedes Klischee erfüllte, das eine Tessiner *mamma* begleitete: Sie war klein, rund, laut, bunt. Sie begrüßte Rubio mit derben Klapsen und Emma mit einem Wortschwall, in dem überhebliche Polizeibeamte nicht gut wegkamen, ebenso wenig Priester, die ihr Wort nicht hielten.

»Don Alfredo hatte geschworen!«, rief sie über die Schulter zurück, während sie Emma voran zum Oratorio schritt, das einen eigenen Eingang an der Rückseite der Kirche besaß. »Hoch und heilig versprochen, dass er meinen Fund sofort der Polizei übergibt!«

Signora Beltrano wollte Emma vorführen, was sich letzten Samstag hier abgespielt hatte. Also wies Emma Rubio an, vor dem Oratorio Platz zu machen und zu warten. Dann folgte sie Signora Beltrano, die sich nach dem Eintreten hastig bekreuzigte. Links brannten Kerzen in roten Bechern auf einem Gestell. Signora Beltrano wandte sich den Lichtern zu. Wie vertraut das für Emma war. So viele Male hatte sie als Kind an der Hand ihres Vaters Kirchen betreten, war ihm in Nischen gefolgt, wo diese Lichtlein brannten. Sie hatte ein Geldstück in die Hand gedrückt erhalten, durfte es in den Schlitz stecken, wo es mit dumpfem Klirren auf all die anderen Münzen traf, die andere vor ihr eingeworfen hatten. Klein Emma durfte eine Kerze wählen und platzieren, hier oder doch da oder besser ganz oben. Geduldig wartete *papà*, bis der passende Ort gefunden war. Dann hob er Emma nochmals hoch, damit sie die Kerze entflammen konnte, mit einem richtigen Streichholz, an Papas Schächtelchen zischend angezündet. Den Wunsch durfte sie auf keinen Fall vergessen. Denn hier gingen Wünsche in Erfüllung, wenn man immer wieder an sie dachte. Mama hatte Papa stets ausgelacht. »Du mit deinem katholischen Hokuspokus.« Und wenn sie einen schlechten Tag hatte, schimpfte sie: »Wenn es so einfach wäre: Warum lässt du dir nicht endlich ein neues Auto herbeizaubern? Geld für Ferien, die über eine Fahrt zu deiner Familie hinausreichen? Etwas, das wir wirklich gut gebrauchen können?« Nein, Mama hatte es nicht verstanden. Papa hatte Emma zugezwinkert und den Finger an die Lippen gelegt. »Nicht verraten, Emma«, flüsterte er. »Du darfst niemandem deinen Wunsch verraten, hörst du? Auf gar keinen Fall.«

Emma wischte sich über die Augen. Die Kerzen sahen plötzlich so konturlos aus. Sie weinte tatsächlich. Als ob *papà* gestorben war, dabei lebte er quickfidel mit seiner Motorsäge im Baselbiet. Signora Beltrano zupfte Emma am Ärmel und bedeutete ihr, die volle Aufmerksamkeit auf sie zu richten. Sie tat so, als würde sie eine Münze in den Schlitz werfen, eine neue Kerze platzieren, sie anzünden. Sie verharrte flüchtig mit gesenktem Blick, die Hände gefaltet, bewegte stumm die Lippen. Alles klar. Letzten Samstag hatte Signora hier gebetet. Emma hörte jetzt leise Stimmen. Sie drangen durch die offene Tür. Drüben befand sich offenbar das Kirchenschiff, es war mit dem Oratorio verbunden. Signora Beltrano war zwischen den Holz-bänken nach vorne zum Altar geschritten, sah sich nach Emma um. Emma folgte ihr zu einer Marienstatue aus Holz. Sie versuchte, Signora Beltranos geflüsterten Aus-führungen zu folgen, während sie Beltrano dabei beobach-tete, wie sie mit gekrümmten Fingern zärtlich die Füße des Jesuskindes streichelte, die Falten in Marias Kleid. Bestes Mittel gegen jeden Schmerz, versicherte Signora Beltrano. Ihre Gicht und das Sodbrennen wären noch viel schlim-mer, wenn die beiden nicht Wunder wirken würden. Und die Arthritis im Knie ihres Mannes war seit seinem letz-ten Besuch hier besser. Sie wusste es, selbst wenn der sture Bock es leugnete. Signora Beltrano deutete auf eine andere Statue beim Altar. Auch dem Santo Quirico musste bei je-dem Besuch die Ehre erwiesen werden. Der Heilige trug ihre Anliegen vor den Allerhöchsten. Deshalb nahm sie sich immer für zwei oder drei Gebete Zeit. So auch letzten Samstag. Und dann, als sie gehen wollte, hatte sie in der Nische dort etwas liegen sehen. Signora Beltrano deutete Richtung Sockel. Emma trat näher, starrte in die leere Ni-sche, Signora Beltranos aufgeregtes Geflüster im Ohr. Dort war das Beutelchen deponiert gewesen, Signora Beltrano spürte noch immer das Entsetzen, als sie den Inhalt auf ih-rer Handfläche erkannte. Sie wusste sofort, dass hier etwas Grauenhaftes geschehen war. Sie hätte die Nägel an sich reißen und höchstpersönlich der Polizei übergeben sollen, statt sie diesem Priester zu überlassen. Es folgte eine Li-tanei über Menschen, denen man einfach nicht vertrauen durfte, während Emma sich dem großen Wandgemälde zuwandte, das sich an der Seitenwand links gegenüber der Nische erstreckte. Es kam Emma bekannt vor. Jesus und seine Jünger saßen aufgereiht an einer langen Tafel.

»Das Abendmahl von Leonardo da Vinci«, sagte jemand

laut hinter ihnen. Signora Beltrano und Emma zuckten zusammen und fuhren herum. »Von einem einheimischen Künstler erschaffen. Ist es nicht wundervoll?«

Im Durchgang zur Kirche stand lächelnd ein großer, fetter Mann im Priesterornat.

»*Buona sera*, die Damen.« Er deutete eine Verbeugung an. »Don Alfredo. Wenn Sie mehr zum Oratorio und seinen Werken wissen möchten, stehe ich jederzeit zu Diensten.«

Er hielt etwas auf Brusthöhe vor sich, seine weißen Finger hoben sich von der schwarzen Soutane ab. Emma war in drei Sätzen bei ihm. Ein Beutelchen aus dunkelblauem Stoff, von Goldfäden durchwirkt, baumelte an einer dünnen schwarzen Kordel.

»Es war bei den Fundsachen. Ganz unten.«

28

Marco wartete bei seinem dunkelblauen Volvo. Emma musste lächeln, als sie das Auto sah. Es erinnerte sie ans wilde Campieren unterhalb des Castello di Morcote. Ein Lagerfeuer mit viel Rauch und Unmengen Rotwein, neben ihnen der gelbe Bus und der blaue Volvo hinter den Baggern einer Baustelle verborgen. Sie reichte Marco das Plastiksäckchen noch aus dem offenen Fenster, stellte dann den Motor ab und stieg aus. Rubio hatte sich erhoben und presste seine Nase ans Fenster.

»Ihr findet hier die Fingerabdrücke der halben Bevölkerung von Novazzano, die letzten Samstag Signora Beltrano im Schock beistand, dazu die von Don Alfredo und Signora Beltrano.« Emma hob die Schultern und ließ sie wieder sinken. »Ich habe trotzdem den Plastikbeutel benutzt.«

Marco lächelte. »Wie schätzt du die Geschichte des Priesters ein?«

»Er lügt«, sagte Emma. »Er hatte nie ein Interesse daran, die Nägel der Polizei zukommen zu lassen. Und er hat einen Grund dazu.«

Marco nickte. »Aber dieser Grund interessiert uns bloß, wenn die Nägel zur Leiche gehören.«

»So ist es. Überprüfen sie es heute noch?«

»Eigentlich hat der Kollege Feierabend. Vielleicht. Sonst morgen früh.«

Emma hatte ein paar Lästerworte über die Gemütlichkeit von Gerichtsmedizinern auf der Zunge, schluckte sie jedoch herunter, als sie Marcos plötzlich besorgten Gesichtsausdruck bemerkte.

»Heute Nachmittag hat sich die Firma Homeguard aus Zürich gemeldet.«

»Aus Zürich?« Emmas Herz begann, schneller zu schlagen.

»Die Firma überwacht im Auftrag des Besitzers die Villa Santa Chiara in Scudellate. Es gibt sichere Anzeichen dafür, dass das System durch Fremdeinwirkung manipuliert und das Haus widerrechtlich besetzt wurde.«

»Davide«, flüsterte Emma. Ihre Knie wurden weich. »Wie lange?«

»Neun Monate.«

Sie sah hinter Marcos Stirn denselben Gedanken. Neun Monate waren weit mehr als lang genug, um eine Frau verschwinden, aushungern und verdursten zu lassen.

»Bitte nicht.« Sie lehnte sich gegen die Schulter, die sich anbot, sog einen Augenblick lang den Geruch auf. Dann wand sie sich aus Marcos Armen und griff nach dem Handy.

»Da sind noch zwei andere involviert.« Sie suchte die Notiz. »Ein Zürcher mit einem silberfarbenen BMW X7 für hundertzwanzigtausend Franken. Er öffnete heute um 10:43 Uhr das Tor und blieb eine Stunde und einundfünfzig Minuten auf dem Anwesen. Um 12:34 Uhr verließ das Auto die Villa Santa Chiara. Auf dem Beifahrersitz saß eine schwarze Frau.«

Marco hatte die Augenbrauen erhoben. »Du bringst mich einmal mehr zum Staunen, Emma.« Er lächelte. »Und du bist nicht etwa durch das offene Tor geschlüpft und hast gleich eine kleine Erkundungstour in der Villa angehängt?«

Emma boxte ihn sanft mit der Faust. Sie fühlte sich gleich ein bisschen leichter. *Madonna*, welch ein Geschenk dieser Commissario war. Er hatte für morgen Freitag um zehn

Uhr mit einem Mitarbeiter der Firma Homeguard eine Besichtigung der Villa Santa Chiara vereinbart. Ganz informell. Der Besitzer wollte sicherstellen, dass sein Anwesen dort im Tessin keinen Schaden genommen hatte. Solange der Augenschein der Polizei diskret war, waren der Commissario und Emma willkommen.

»Und wer ist der Eigentümer?«, fragte Emma.

»Er will anonym bleiben.«

»A. C. steht am Eingang angeschrieben.«

»Adriano Celentano.«

Emma kicherte. »Oder Arthur Cabral.«

»Wer ist das?«

»Du kennst Cabral nicht? Schoss letzten Samstag das 1:0 gegen St. Gallen.«

»Für welche Mannschaft?«

Emma verdrehte bloß die Augen.

»A. C.«, sinnierte Marco weiter. »Ich hab's. Andreas Caminada.«

»Wer ist das?«

»Du kennst Andreas Caminada nicht? Ein Superstar.«

»Aber nicht im Fußball.«

»Nein. Im Kochen. Drei Michelin-Sterne und neunzehn Gault-Millau-Punkte.«

»Ach.« Emma winkte ab. »Lieber Cervelat am Stecken, ein bisschen schwarz vom Feuer.«

Sie vereinbarten, Davide gegenüber Stillschweigen zu bewahren, zumindest bis morgen nach der Hausbesichtigung. Keine Fragen. Emma ließ ihr Vorhaben fallen, ihn bei nächster Gelegenheit gnadenlos in die Mangel zu nehmen. Was immer dort oben in der Villa Santa Chiara geschehen war: Zwei Beteiligte waren verschwunden, und nichts sollte Davide darauf bringen, es ihnen gleichzutun.

Bis heute Abend, hatte er per WhatsApp mit vielen Smileys versehen geschrieben, lange nach Emmas vergeblichen Versuchen, ihn zu erreichen. *Wir rocken die Bühne zur Dernière.*

29

Die Kinder des Tagesheims Casa Rubio rockten die Bühne ein weiteres Mal. Beim Intro zum Stück schrien die Kleinsten beinahe vor Eifer beim Singen, dunkle Schatten aus Erschöpfung unter den leuchtenden Augen. Die Tanznummer der Größeren brachte Szenenapplaus ein. Ein Jongliereinsatz misslang und wurde souverän überspielt. Die Kesseltrommeln rissen das Publikum von den Paletten. Zuschauerinnen und Zuschauer streiften die Decken ab, in die sie sich gewickelt hatten, klatschten und stampften im Takt. Staubwolken lösten sich von den Brockenhausteppichen und stiegen in den abendblauen Himmel über Morbio Inferiore. Nach der Zugabe – sie bestand aus dreimaligem Wiederholen des Schlussliedes – sowie vielen Verbeugungen bildeten die Kinder einen Kreis und umfassten sich an den Schultern. Ihr Freudengeheul schallte die Schlucht der Breggia hoch, während das Publikum zum Büfett strömte und mit wundgeklatschten Händen zum Apéroglas griff. Frena stand hinter dem Büffet, wischte sich Freudentränen weg und sorgte für Nachschub. Emma hatte den Job übernommen, nach der Aufführung die Kinder zu überwachen, jene vom Tagesheim und alle, die im Publikum gesessen hatten. Rubio unterstützte. Eine ganze Bande versammelte sich um ihn. In langen Debatten wurde ausgehandelt, in welcher Reihenfolge das schwarzglänzende Fell gestreichelt werden durfte. Rubio legte sich auf den Rücken und bot mit halbgeschlossenen Augen den Bauch zum Kraulen dar. Die Kinder wälzten sich im weichen Gras, ließen kreischend Rubios »Attacken« über sich ergehen und schützten ihre Gesichter halbherzig vor der Schlabberzunge. Bis Leonardo darauf kam, bei Emma Rubios Ball zu holen. Der Ball ging von Hand zu Hand. Rubio rannte und apportierte brav, davon konnte er nie genug kriegen. Wenn ein Kind es versäumte, den Ball sofort wieder zu werfen, stupste er mahnend mit nasser Hundeschnauze. Emma schaute lächelnd zu, immer wieder die dunklen Ecken auf dem Gelände kontrollierend, damit kein Kind sich ins Abseits verirrte. Später, als das Büffet leer gegessen war, stellte sich Frena neben Emma und erzählte ihr von der Unterhaltung, die sie eben mit Herrn Tanner geführt hatte. Er hatte ihr versprochen, ausnahmsweise beide Augen zuzudrücken, denn heute Abend waren die Vorschriften nicht eingehalten worden. Zu viele Menschen auf der Tribüne, aber Herrn Tanner lag es fern, die Aktivitäten der Casa Rubio zu sabotieren. Im Gegenteil, er hatte sich im Trägerverein der Saceba dafür eingesetzt, dass sie die Bewilligung für die Nutzung des Geländes hier erhalten hatten. Emma nickte und konzentrierte sich weiterhin darauf, neben den Kindern auch Davide im Blick zu behalten, möglichst unauffällig. Davide war von begeisterten Müttern umringt. Er sang ein Loblied auf deren kreativen Nachwuchs, nahm bescheiden den Dank entgegen und trug Anekdoten aus dem Entstehungsprozess des Stückes vor. Emma ahnte aus der Ferne, welche es waren. Davide lachte und scherzte und flirtete ein bisschen. Er war wie immer.

»Signora Emma!«

Das war Leonardos Stimme, die über das Gelände schallte. Emma entdeckte den Jungen ein Stück abseits der Kinderbande. Er deutete mit ausgestrecktem Zeigefinger dahin, wo die bunten Begrüßungsfahnen die Besucherinnen und Besucher empfingen, die vom Parkplatz bei der Casa Rubio kamen.

»Signora Eeemmmaaa!«

Die Gespräche verstummten, sodass Leonardos erneutes Gebrüll für alle Anwesenden gut hörbar war.

»Da kommt der nette Mann, der dich braucht!«

Emmas Gesicht wurde heiß. Köpfe wandten sich in die Richtung, in die Leonardos Zeigefinger wies. Drehten sich wieder zurück. Ein Mädchen kicherte. Ein anderes tat es ihr nach. Der Rest der Bande krümmte sich beim Bemühen, nicht zu lachen. Emma fing den Blick aus gefühlt zehntausend Augen auf, während sie sich umdrehte. Marco kam vom Tagesheim her geschritten und ließ soeben die letzte Fahne hinter sich. In der einsetzenden Dunkelheit war sein Gesichtsausdruck nicht deutlich zu erkennen. Aber Emma las an den hochgezogenen Schultern und der schräg umgehängten Tasche, die hektischer baumelte als sonst, heraus, dass der Commissario in Eile und tief in Gedanken versunken war. Und die kreisten gewiss nicht um das Bedauern, dass er die Vorstellung verpasst hatte. Der Commissario brachte Neuigkeiten. Und wie er empfangen wurde. Das gesamte Publikum der letzten Vorstellung auf dem Gelände der Saceba stand lächelnd vereint und sah dem Mann entgegen. Einzig Rubio schlich mit gesenktem Kopf in die andere Richtung, ungehalten über die Unterbrechung des Ballspiels. Leonardo hatte sich neben Emma postiert und seine Hand in ihre geschoben. Emmas Gesicht glühte noch immer, während sie in den Augen des Commissario erkannte: Das Ergebnis lag vor. Marco hatte den Kollegen von der Gerichtsmedizin dazu gebracht, die Fußnägel aus dem blaugoldenen Beutelchen mit den Zehen der toten Frau vom Monte Generoso zu vergleichen. Feierabend hin oder her.

30

Es war ein Abgleich der besonderen Art. Marco stand im stark gekühlten Raum der Gerichtsmedizin, in einen Schutzanzug gehüllt, über Mund und Nase eine Maske. Der Kollege hatte sich zusätzlich eine Kopflupe montiert und saß am Fußende der Leiche. Sie blieb bis auf die Füße bedeckt. Den Inhalt des Beutelchens hatte der Kollege auf einem Tischchen ausgebreitet. Dazu lagen verschiedene Pinzetten und weitere Lupenbrillen bereit. Ein bisschen wie bei der Dentalhygiene sah es aus, wären da nicht der Geruch und die Leiche und die Kälte. Marco fror. Er trat von einem Fuß auf den anderen, darauf bedacht, den Kollegen nicht zu stören. Der hatte die Nägel der Größe nach geordnet, fasste nun eine kleine Sichel nach der anderen mit der Pinzette, suchte und verglich mit den Zehen. Eine Prüfung von Schnittstelle und Textur für jedes Nagelstück reichte, hatte der Kollege gesagt. Eine DNA-Analyse dazu, ob die Fußnägel zur Leiche gehörten, könne sich der Commissario sparen. Hingegen war es aussichtslos, eine Spur jener Person zu identifizieren, die die Nägel geschnitten hatte. Durch zu viele Hände waren Beutelchen und Fußnägel gegangen, außerdem hätte der Täter ja Handschuhe getragen haben können, als er es in der Kapelle abgelegt hatte. Marco hatte genickt und dann den Atem bei jedem Sichelchen angehalten, das der Kollege mit der Pinzette fasste. Der Kollege war kein Mann vieler Worte. Er arbeitete stumm. Jeder Versuch von Marco, über die Schulter des Kollegen hinweg etwas zu erkennen, war vergeblich. Also vertrat

sich Marco noch ein wenig die Beine und umkreiste ein
weiteres Mal die Leiche.

Emma hatte sich lange gedulden müssen, bis Marco und sie die Zeit fanden, die Ereignisse des Tages zusammenzutragen. Die Gäste hatten sich ihre Becher wieder und wieder mit Merlot füllen lassen. Zumindest jene, die nicht mehr selbst Auto fahren mussten. Erst als Emma ein Ausschankverbot verhängte und die ersten Kinder vor Müdigkeit im Stehen einschliefen, leerte sich das Gelände der Saceba langsam. Die Zuvorkommenden halfen, leere Flaschen und Büffettische, Teppiche und Paletten zur Casa Rubio zurückzutragen. Schwatzend und lachend hatte sich ein Zug von Menschen und Material zurückbewegt. Die Kinder schleppten fleißig mit, neu motiviert. In der Casa Rubio war Frena glücklich und erschöpft in den ersten Stock hochgestiegen. Davide hatte sich mit verschmitztem Lächeln verabschiedet – eine Romanze, deutete er an, ganz frisch, er würde jetzt nach Como fahren. Blabla, hatte Emma gedacht. Schutzbehauptung, damit der Goldjunge seine WG außen vor lassen konnte. Sie hatte sich gerade noch zurückhalten können, den Kerl nicht in die Zange zu nehmen. Als alle Autos vom Parkplatz der Casa Rubio gefahren waren, als das Rauschen der Breggia wieder zu hören war, hatte Emma dem Commissario eine Flasche Rotwein zum Entkorken in die Hand gedrückt und sich dann mit einem Seufzer in den Stuhl vor der Feuerschale sinken lassen, um Marcos Neuigkeiten zum Abgleich zu besprechen, den der Kollege im gerichtsmedizinischen Institut unternommen hatte. Die Fußnägel passten. Signora Beltranos Fund im blaugoldenen Beutelchen gehörte eindeutig zur Leiche.

32

Jetzt hatte Marco Stift und Papier aus seiner Mappe geholt und war im Schein des Feuers und einer Öllampe daran, eine Mindmap aufzuzeichnen. Er setzte einen Kreis ins Zentrum und davon ausgehend Äste, die sich wiederum in Unteräste teilten. Eine tröstliche Ordnung wurde hier aufgebaut, fand Emma. In ihrem Kopf war das Chaos. Beim Commissario ging es mit System zu. Tschopp & Bianchi erfüllten Stereotypen in perfekter Ergänzung. Etwas, das sie zwingend in ihre künftige Firmenwerbung einbauen mussten. Tschopp & Bianchi würden den Kunden vertraute Schubladen bieten, mit einem feinen Augenzwinkern versehen.

»*No*, Rubio! *Posto*!«

Rubio forderte beharrlich stupsend den Gute-Nacht-Spaziergang ein, in dem Wissen, was danach folgte: ein Hammer-Biskuit als Bettmümpfeli. Emma strich ihm kurz über den Kopf, wandte ihren Blick dann wieder der Mindmap auf Marcos Knien zu. Im Kreis in der Mitte stand *Leiche, weiblich, 40–45, Tod durch Austrocknung mittels Wasserentzug* geschrieben. Davon ging ein Ast *Hinweise aus der Bevölkerung* weg. Marco tippte die einzelnen Unteräste mit seinem Stift an, berichtete kurz zum Stand der Dinge. Die Villa Turconi in Castel San Pietro mochte zwar von einer Stiftung betrieben werden, deren Aktivitäten dem Mann aus der Bevölkerung suspekt schienen. Aber dessen Meldung an die Polizei gründete auf einem persönlichen Ressentiment gegen die Stiftung, wie sich beim heutigen Besuch des Commissario vor Ort erwies. Weder in Villa noch

Wirtschaftsgebäuden war eine Frau eingesperrt und getötet worden. Marco setzte einen Haken, die Villa Turconi war erledigt. Er wandte sich dem Hinweis aus Chiasso zu. Das betagte Paar hatte sich an den grausigen Fund vom Monte Generoso geklammert. Sich endlich Gewissheit über das Schicksal der Tochter erhofft, die vor dreiundsechzig Jahren verschwunden war. Nun durchlebten die Eltern mit der ganzen Sippe nochmals von Neuem den Verlust, seit sie realisieren mussten, dass die Tote zu jung war, um ihre geliebte Tochter zu sein. Marco setzte einen weiteren Haken.

»Die Fußnägel«, sagte Emma und schenkte Wein nach. »Ich gehe davon aus, dass der Täter sie persönlich platziert hat. Genau dort und bewusst dort. In einem Südtessiner Kaff. Bei den beiden Heiligen Quirico und Giulitta.« Sie trank einen Schluck. »Diese Fußnägel erzählen viel. Ich verstehe bloß nicht was.«

Marco zeichnete einen Ast zur Leiche und schrieb *10 Fußnägel, Oratorio, Novazzano* dazu.

»Also ein Täter«, sagte er. Er strich den Ast durch, den er mit *Täterin* bezeichnet hatte. »Keine Frau. Ein Vorurteil.« Rasch fügte er hinzu, als Emma auffahren wollte: »Ich sehe es auch so. Eine Frau«, Marco deutete auf das Papier, »tut all das nicht.«

Er fügte eine Verästelung zum Täter ein und notierte *sehr kräftig* dazu.

»Ich habe heute die Aufzeichnungen der Überwachungskameras in Tal- und Bergstation der Ferrovia dreimal überprüft. Es ist im Zeitraum ab Inbetriebnahme der Bahn letzten Samstag kein Gleitschirmsack auf den Monte Generoso transportiert worden, in dem auch eine Leiche hätte verborgen sein können.«

»Ein Kraftakt«, sagte Emma. »Um die Frau an diesen

speziellen Ort zu tragen. Er hätte sie einfach in die Breggia werfen können.«

»Mindestens vierzig Minuten steiler Aufstieg von Roncapiano zur Alp Nadigh hoch.«

»In einem Sack, der für Fesselspiele erfunden worden ist. Ich habe mich ins Thema eingelesen.« Emma zog ihr Handy hervor, tippte den Bildschirm an. »Die Obergruppe heißt BDSM: Bondage and Discipline, Dominance and Submission, Sadism and Masochism. Wird von zwei bis zweiundsechzig Prozent der Bevölkerung praktiziert. Zunehmend entpathologisiert.«

Marco nickte. »Ja, das scheint mir richtig so. Sofern die Praxis einvernehmlich ist.« Er setzte eine weitere Verästelung zum Täter und schrieb *sexuelle Praktik: evtl. BDSM*.

»Und wenn der Sack gar nichts mit sexuellen Vorlieben zu tun hat? Sondern purer Pragmatismus ist?« Emma erhob sich und begann, um die Feuerschale und Marco herumzugehen. »Immerhin schnürt das Ding die Leiche zum kleinstmöglichen Paket. Zudem noch wasserdicht.«

Marco zeichnete eine neue Verästelung zum Täter und schrieb *pragmatisch*. Dann zögerte er kurz, zeichnete noch einen abzweigenden Ast und fügte *romantisch* hinzu.

»Romantisch?«, fragte Emma verblüfft. Sie war stehen geblieben und schaute dem Commissario über die Schulter.

»Die Kunstblumen. Der Mann hat Schleierkraut auf die Leiche gelegt. Drei Zweige.«

»Billigware aus dem Internet, ohne Fingerabdrücke. Hilft uns auch nicht weiter.« Emma setzte sich wieder und trank einen Schluck Wein.

»Doch, die Blumen sagen etwas aus.« Marco griff ebenfalls zu seinem Glas. »Das Schleierkraut steht für Hingabe und Liebe.«

Emma grinste vor sich hin. Stimmt. Der Commissario

hatte es mit den Blumen. Bei ihrer ersten Begegnung in Meride auf der Piazza Mastri hatte er die seltenen Margeriten oder wilden Rosen oder was auch immer gepriesen, die an den Hängen des Monte San Giorgio wuchsen. Und sie hatte währenddessen ihr Gegenüber gemustert, die markanten Wangenknochen, den aufmerksamen Blick, die schönen braunen Augen, und dann gefragt: »Wollen wir mal an die Arbeit, Signor Bianchi?«

»Und mit seinen zarten Blüten«, sagte jetzt Marco, »ist das Schleierkraut auch ein Symbol für ein Herz ohne Argwohn und ohne Hintergedanken.«

Er verharrte mit dem Stift in der Hand und starrte zur Feuerschale, in der sich eine schöne Glut gebildet hatte. Emma erhob sich, legte Holz nach.

»Abgeschnittene Fußnägel zersetzen sich ewig nicht.« Sie setzte sich wieder. »Im Unterschied zur Leiche.«

»Wegen zehn Fußnägeln.« Marco zog einen Ast weg vom Täter und schrieb *Motiv* dazu. »Wegen zehn Fußnägeln riskiert der Täter, von jemandem beobachtet zu werden, während er das Beutelchen in die Nische legt.«

»Er will, dass etwas von ihr bleibt.« Emma fuhr trotz des wärmenden Feuers ein kalter Schauer über den Rücken. »Erst tötet er sie, indem er ihr …« Ihre Kehle wurde ihr eng.

»… und bringt sie danach mit Blumen und Heiligen zusammen«, ergänzte Marco. Er hatte den Kopf erhoben und schaute Emma an. »Ich denke jetzt seit zwei Tagen darüber nach.«

»Ich auch«, sagte Emma.

»Es ist Liebe«, sagten beide gleichzeitig.

Sie lächelten sich an. Dann füllte Emma die Gläser neu, und Marco setzte eine Verästelung zum Motiv. *Liebe*, notierte er dazu und unterstrich das Wort so vehement, dass das Papier unter dem Stift riss.

33

Rubio zerlegte mit viel Lärm sein Hammer-Biskuit. Hammer-Biskuits waren nach den getrockneten Schweineohren sein zweitliebster Snack. Vielleicht lagen sie etwas zu trocken auf der Zunge, dafür gaben sie viel her beim Biss. Rubio hatte den Gute-Nacht-Spaziergang endlich durchsetzen können, allerdings in ungewohnter Konstellation. Nicht Emma hatte sich erhoben, um die Leine vom Haken zu nehmen, sondern dieser Besucher. Rubio hatte den Moment für eine Protestaktion verpasst. Er war so gierig auf sein Bettmümpfeli, dass er sich anleinen ließ und aus der Tür stürmte. Erst beim Parkplatz unten fiel ihm auf, in wessen Begleitung er war. Emma fehlte.

Selbstverständlich hatte er auf der Stelle sein Geschäft verrichtet und den Mann das Sträßchen hoch zurück ins Haus gezerrt. Aber irgendwie fühlte es sich als Niederlage an. Dieser Besucher schien keineswegs die Absicht zu haben, Rubios Revier wieder zu verlassen. Im Gegenteil. Auf dem Sofa war eine kleine Tasche deponiert. Die gefiel Rubio gar nicht. Wobei er zugeben musste: So schlecht roch sie nicht. Zumindest tausendmal besser als die Tasche, die Davide heute Abend bei sich getragen hatte und zum Himmel stank. Rubio erkannte den Geruch wieder. Seine Nackenhaare hatten sich gesträubt, die Galle war ihm hochgekommen. Und wenn Rubio die Galle hochkam, bellte er. Er hatte heute Abend so lange gebellt, bis Emma ihn mit einer Handvoll Leckerlis zum Verstummen brachte. Das war die andere Überraschung heute. Es gab keinen Tadel fürs Bellen, sondern eine Belohnung. Seltsame Zeiten.

Aber solange sie die eine oder andere Extraportion abwarfen, konnte es ihm recht sein. Jetzt leckte Rubio die Krümel vom Hammer-Biskuit sorgfältig auf, bettete den Kopf auf seinen Stoffaffen und schloss die Augen. Heute würde er seinen liebsten Traum träumen. Emma würde ihm den Futternapf hinstellen, der niemals leer wurde. Auch wenn Rubio frass und frass und frass.

Teil 4

I

In der Nacht von Donnerstag auf Freitag schlief Ulrike Klaus schlecht. Sie war erschüttert. Dabei war Erschütterung nichts, was sie in ihrem Leben zuließ. Ulrike war eine Frau mit Gewissheiten. Ulrike war vierundsechzig Jahre alt und nannte sich Uli, seit sie zwölf war. Die Umbenennung war ihr erstes Aufbegehren gegen die Eltern, die sie nach der Großmutter mütterlicherseits benannt hatten. Einfallslose Menschen, fand Uli, bildungsbürgerlich, bieder. Bis zum Abitur war Uli damit beschäftigt, ihre Eltern zu schockieren. Nebenbei suchte sie sich selbst. Mit vierzehn trug sie den buntesten Irokesenschnitt von ganz Südbaden, die zerrissenste Jeans, von Dutzenden Sicherheitsnadeln zusammengehalten. Ab sechzehn lebte sie von Bier und Zigaretten und während der Nacht. Tagsüber schrieb sie gute Noten in der Schule und triumphierte. Wieder den Alten eins ausgewischt. Mit achtzehn machte sie Abitur, ließ die Sex Pistols hinter sich und tanzte statt Pogo den Sannyasins hinterher. Materiell enthaltsam war sie bereits. Sie musste sich bloß in Rot hüllen und das Bild des Meisters an einer Holzperlenkette um den Hals hängen. Bei den Sannyasins traf sie Olivier, einen Franzosen mit guter Energie. Sie heiratete ihn, zeugte zwei Kinder und wurde Schleusenwärterin im Kanalsystem Alsace-Lorraine. Die gute Energie hielt nicht ein Eheleben lang. Uli hatte Oliviers Hang zum Alkohol übersehen. Sie zog die Kinder allein groß, lebte karg von Übersetzungsarbeiten und griff nur im äußersten Notfall das Erbe ihrer Eltern an. Materielle Enthaltsamkeit war nichts, was Uli scheute. Im Gegenteil. Als die Kinder erwachsen und ausgezogen waren, machte sie sich an die Umsetzung dessen, wovon sie immer geträumt hatte. Der kapitalistischen Gesellschaft den Rücken kehren, ein Leben in solidarischer Gemeinschaft führen, im Einklang mit der Natur leben. Sie suchte ein halbes Jahr und gründete eine Öko-Kommune am Ort ihrer Träume: am verlassenen Weiler Longoponto über den Kastanienwäldern von Arosio im Alto Malcantone, nur zwölf Kilometer von Lugano entfernt, gut mit öffentlichen Verkehrsmitteln und zu Fuß zu erreichen.

Hier saß Uli Klaus nun mit einer Journalistin auf der Terrasse am Holztisch, von Sonne und Regen ausgebleicht und über den Winter splittrig geworden. Die Festbänke dazu ebenso, stellte Uli missbilligend fest. Sie mussten dringend geschliffen und neu geölt werden. Die Journalistin genoss die Aussicht über die Kastanienwälder und wärmte ihre Hände am heißen Kaffee, den Uli auf dem Feuerherd gekocht hatte. Gackernde Hühner spazierten vorbei, Eidechsen huschten über die Granitplatten. Die Journalistin war am Tag zuvor von Zürich angereist, hatte in Lugano übernachtet und war verblüfft, wie schnell man abseits jeglicher Zivilisation war. Das Schweizer Radio und Fernsehen wollte einen Beitrag über Öko-Aussteiger in der Schweiz machen. Uli hatte zuerst mit einer Zusage gezögert. Jedes Jahr erreichte sie mindestens eine solche Anfrage von Medienschaffenden aus dem deutschsprachigen Raum. Mehr als zwanzig Mal schon hatte sie Menschen mit Mikrofonen und Kameras in einer Führung gezeigt, was sie seit 1999 hier oben aufgebaut hatte: einen Selbstversorger-Betrieb, na ja, beinahe selbstversorgt, mit eigener Wasser- und Stromversorgung sowie Komposttoiletten. Gekocht wurde mit Holz oder im Solarkocher, Gemüse, Kräuter und Beeren kamen aus Eigenanbau, Milch und Käse bezogen sie vom nahe gelegenen Bioziegenbetrieb. Als »Öko-Avantgarde« war sie betitelt worden, als »Hippie« und eine, die bewies, dass ein Leben ohne Auto, ohne Reisen, ohne fließend warmes Wasser und ohne Waschmaschine tatsächlich lebbar war. Ein Handy leistete sich

Uli, und via Handy erreichten sie Anfragen für einen Aufenthalt auf Longoponto: Von Lehrern, die eine Klassenfahrt zu ihr machen wollten, Paaren in Krisen, müden Managern, Aussteigewilligen. Ulis Handy stammte aus dem Jahr 1999, wurde mit Solarstrom geladen und hatte noch richtige Tasten, die gedrückt werden mussten. Die Journalistinnen und Journalisten fanden das *cute* und baten darum, eine Aufnahme davon veröffentlichen zu dürfen. Seit Neustem lief Uli unter der Rubrik »Klima-Aussteigerin«. Dann seufzte sie immer, wenn ihre Zürcher Freundin die Beiträge rapportierte. Egal. Hauptsache, Ulis Botschaft kam bei den Konsumenten dort unten in den Tälern an. Hier oben konnten zivilisationsmüde Menschen ein paar Tage oder Wochen dem urbanen Leben entfliehen. Sie durften ihre Seele auskurieren. Sie erlebten die stille Zufriedenheit, nach einem Arbeitstag zwar körperlich erschöpft, aber geistig fit ins Bett zu sinken. Sie sahen vor sich, was sie mit ihren zehn Fingern geleistet hatten. Wieder war ein Stück Trockenmauer instand gestellt, eine der vergandeten Terrassen gerodet, die Treppe, die zu ihr führte, repariert. Der Solarkocher war geflickt, der Gemüsegarten von Beikraut befreit, das Dach vom Rustico Prugno abgedichtet. Wenn die Gäste hier oben am Abend im Bett lagen, konnten sie ihre Knochen und Muskeln spüren. Hier oben nahmen sie jede Faser ihres Körpers wahr, mit dem sie sonst wenig anzufangen wussten, außer ihn auf einem Bürostuhl zu platzieren. Einfach, schlicht und dreidimensional war es hier. Bildschirmfrei. Kochen in der Freiluftküche über dem offenen Feuer wurde zum Abenteuer. Nahrungsmittelbeschaffung ließ Stunden im Nu vergehen, reicherte sie mit Sinn an. Jede Waldbeere wurde zur geschätzten Kostbarkeit. Die gemeinsame Mahlzeit hier am Tisch unter den Reben war Ritual und existenzielle Notwendigkeit zugleich. Holz sammeln, hacken und lagern ersetzte jede Meditation. Wer Sickergruben grub, wusste eine Kanalisation samt Toilette für den Rest des Lebens zu schätzen. Ein Bewusstsein für die Kostbarkeit von Natur und Gemeinschaft wurde hier geschaffen. Nichts weniger. Und für das alles bezahlten die Gäste nur einen symbolischen Beitrag pro Tag. So wiederholte Uli an diesem Freitagmorgen zum zwanzigsten Mal automatisch das, was sie bei Interviews immer sagte. Dabei zuckte sie jedes Mal zusammen, wenn ihr Blick die Kaffeetasse der Journalistin streifte. Es war, als ob sich ein heißes Eisen in Ulis Netzhaut bohrte.

3

Bereits am Vorabend hatte Uli den Schmerz gespürt. Die Freundin aus Zürich hatte angerufen. Sie hatte nicht mehr aufgehört mit Reden. Uli hatte keine Chance, etwas dazwischenzuwerfen. Dass sie nun genug gehört hatte, wollte sie sagen, dass sie lieber weiteressen wolle. Die Freundin hatte ihr die Geschichte einer Leiche um die Ohren geklatscht, die auf dem Monte Generoso gefunden worden war. Nach dem Telefonat hatte Uli sich ihrer kaltgewordenen Polenta zugewandt und war zusammengezuckt, als sie zum Löffel griff. Auch jetzt trieb es Uli wieder den Schweiß auf die Stirn, obwohl es noch kühl war an diesem Freitagmorgen. Die Journalistin hatte begonnen, in ihrer leeren Tasse zu rühren. Uli zwang sich, nicht hinzuschauen. Es war nicht mehr zu leugnen: Seit gestern durchzuckte sie ein glühender Schmerz, wenn Uli einen Löffel sah. Sie riss der Journalistin die Tasse aus der Hand und kündigte an, noch einen Kaffee zu kochen. Uli musste dringend aufstehen. Sie musste irgendetwas *tun*, um die Erinnerungen zu vertreiben, die sich plötzlich einen Platz zu schaffen versuchten.

4

Die Tür hatte sich lautlos in den Angeln gedreht. Die Scharniere waren frisch geölt. Im Öko-Dorf Longoponto wurde auf Wartung Wert gelegt. Nichts, das defekt war, blieb lange ohne Reparatur. Uli wachte streng darüber. Es war eine endlose Sisyphusarbeit, den Weiler instand zu halten. War die Dachrinne geflickt, ging die Regentonne kaputt. Zog der Kamin wieder richtig, stieg die Solardusche aus. Waren die Setzlinge platziert, pflügte ein Wildschwein durch den Garten. Da gab es keine Ausrede, kein Seufzen und kein Murren. Wer in Longoponto lebte, musste jeden Schaden sofort beheben. Deshalb drehte sich die Tür lautlos in den Angeln, als Uli an jenem Mittag im Sommer die Klinke niederdrückte. Sie wollte nur schnell Schüsseln holen. Im ersten Moment konnte Uli nichts erkennen. Draußen war es hell und im Rustico dunkel. Dann sah sie Anna am Tisch sitzen. Annas Augen glitzerten im Sonnenlicht, das durch die offene Tür in den Raum gelangte. Ihr Gesicht war blass wie immer. Unfassbar für Uli, dass eine, die so viel draußen arbeitete, so bleich war. Und wie sie arbeitete, diese Anna. Viel besser, als Uli es sich je ausgemalt hatte.

Oje, hatte Uli gedacht, als sie Anna am Bahnhof in Chiasso hatte stehen sehen. Das hat man davon.

»Ja, klar«, hatte Uli gesagt, als ein alter Freund darum gebeten hatte, eine junge Frau aufzunehmen. »In Longoponto ist jede helfende Hand willkommen.«

Diese Anna baute Trockenmauern wie kein anderer. Stein um Stein schichtete sie aufeinander. Sie klopfte jeden so lange zurecht, bis er sich fügte. Jeder Stein in Annas Trockenmauern verkantete sich für immer mit seinen Nachbarn. Keine dieser Mauern würde je wieder einstürzen. Die Steine würden Terrassen stützen, wenn die Rustici längst in Einzelteile zerfallen, die Menschen wieder weg waren, zurückgekehrt zu Waschmaschinen und Mikrowellenherden. Nebst dem Mauerbau verstand Anna sich aufs Putzen. Noch nie hatte Uli jemanden erlebt, der so gründlich putzte. Anna wischte nicht ein bisschen obendrüber. Anna räumte die Pfannen aus dem Gestell, wenn sie die Kochnische reinigte. Sie scheuerte den Herd, bis jeder eingebrannte Spritzer, alle Spuren übergekochter Suppen entfernt waren. Und die Toiletten erst. Seit Anna hier lebte, waren die Toiletten sauber. Wenn im Öko-Dorf-Rat das Traktandum Putzplan an die Reihe kam, war der Weg zum gemeinsamen Beschluss immer kurz. Zum Putzplan gab es nie Diskussionen. Ein Votum von Uli reichte. Die Mehrheit war immer schon gebildet. Niemand sonst war derart befähigt, Longoponto reinzuhalten. Keiner meldete Widerspruch an, wenn Anna für den Toilettendienst eingeteilt wurde, selbst Anna nicht, die niemals zum wöchentlichen Rat erschien. Zu Beginn hatte Uli noch versucht, die neue Bewohnerin einzubinden. Hatte ihr angeboten, ins Französische zu übersetzen, weil Deutsch gesprochen wurde. Zu Beginn hatte Uli auch versucht, mit Anna ins Gespräch zu kommen. Sie hatte von ihrem damaligen Alltag als Schleusenwärterin erzählt, Anna ein paar Brocken hingeworfen als Köder. Dutzende Male hatte sie einen Anknüpfungspunkt geschaffen, damit Anna etwas von sich gab. Anna biss nie an, sondern blieb stumm bis auf ein paar wenige Worte. Danke. Bitte. Ja. Nein. Gerne. Dass Anna wie normale Menschen sprechen, ganze Sätze aneinanderreihen konnte, hatte Uli per Zufall erfahren. Eines Tages war Uli den Wald hochgestapft, aufgebracht wegen einer dieser endlos langen

Auseinandersetzungen, die es in Longoponto öfter mal gab. Den Grund wusste sie nicht mehr. Bloß diese Welle von Wut war in Erinnerung geblieben und der Frieden, der sie überkam, als sie sich weit oben im Dickicht des Waldes auf weichem Moos ausgestreckt und tief durchgeatmet hatte. So war es schön. Solche Momente der Ruhe gab es selten. Uli hörte dem Gezwitscher der Vögel zu, als sie plötzlich in der Nähe Zweige knacken hörte. Dann redete eine menschliche Stimme, sanft, zärtlich. Uli verstand keine Worte, ihr war, als ob eine etwas tiefere Stimme antwortete. Ulis Puls hatte sich beschleunigt. Zwei Personen im Wald? Welche Pein, wenn sie nun etwas mitbekommen würde, was bloß Sache der beiden dort drüben war. Wenig war Uli unerträglicher als Intimitäten, die nicht an die Öffentlichkeit gehörten. Küssende Paare auf der Straße hatte Uli in den letzten Jahren auch schon resolut am Ärmel gezupft und gebeten, anderswo weiterzumachen. Die Freiheit des einen endete dort, wo die Freiheit des anderen begann. Wer diese Haltung nicht teilte, egal bei welchem Thema, hatte einen schweren Stand im Öko-Dorf. Mehr als ein Bewohner oder Gast hatte Longoponto wieder verlassen, weil Uli unerbittlich war. Alles am passenden Ort, zur richtigen Zeit, bitteschön. Als Uli die Stimmen im Wald oben hörte, war ihr erster Impuls, von hier zu verschwinden. Aber wenn sie jetzt aufsprang, würden Zweige knacken, Blätter rascheln. Ihre Flucht würde sie sichtbar machen, was ebenso peinlich war. Also harrte Uli aus und schloss die Augen. Trotzdem kamen die Stimmen immer näher. Sie konnte sie hören, und als sie dachte, dass die beiden beim nächsten Schritt über sie stolpern würden, riss Uli die Augen auf. Jenseits des Dickichts kauerte Anna am Boden.

»Du warst letztes Mal nicht hier«, hörte Uli sie sagen. Nun war jedes Wort klar verständlich. »Wo warst du?«

Uli brauchte einen Moment, bis sie begriff, dass Anna allein war und mit einem Vogel sprach.

»Ich war bei den Elstern«, sagte Anna jetzt mit tiefer Stimme. »Habe ihnen Gold gestohlen. Und im Himmel war ich, habe mit Engeln Verstecken gespielt, bin mit ihnen durch Wolken geflogen.«

An jenem Tag lag Uli im Dickicht und verschloss ihre Ohren vor dem sinnlosen Gerede. Sie harrte aus, bis Anna aufgebrochen war, und kehrte dann ins Öko-Dorf zurück. Seither verschwendete Uli keine Gedanken mehr darüber, wie sie zu Anna vordringen konnte. Diese Anna war nicht ganz dicht. So viel war nun klar geworden.

Das Zischen der Kaffeemaschine riss Uli aus ihren Gedanken. Uli füllte der Journalistin erneut die Tasse, lud sie dazu ein, den Kaffee auf den Rundgang mitzunehmen, der ihr nun einen umfassenden Eindruck vom Leben hier oben in Longoponto vermitteln würde. Uli begann mit dem Thema Wohnen. Für Gruppen und Schulklassen gab es Zeltplätze und Matratzenlager. Zum Gästehaus Castagno gehörten eine Küche, zwei Solarduschen und Öko-Klos. Das Rustico Prugno stand für Paare und Familien zur Verfügung. Danach stieg Uli ein Stück weiter die Terrassen von Longoponto hoch und wies auf all die Flächen hin, die sie in harter Arbeit dem Hang abgerungen hatten. Sie zeigte auf die Trockenmauern, brachte die Journalistin zum Staunen angesichts dieser Puzzles aus Hunderten von Steinen. Das war Handarbeit, alles ohne jede Maschine geschaffen. Uli sang ein Loblied auf die vielen freiwilligen Helferinnen und Helfer, die mitangepackt hatten, mit Kraft, Geduld und Durchhaltewillen. Aber es war wie verhext. Uli konnte tun und reden, was sie wollte. Jede Bemühung, Anna außen vorzulassen, war vergeblich. Ulis Gedanken kehrten dauernd zu ihr zurück.

6

Uli hatte begonnen, Anna möglichst aus dem Weg zu gehen. Wenn Anna für die obersten Terrassen Trockenmauern baute, suchte sich Uli ganz unten eine Arbeit. Saß Anna am einen Ende des Tisches beim Essen, setzte sich Uli ans andere. So musste sie Annas Teller nicht sehen. Auf Annas Teller lag jeweils ein kleines Häufchen von dem, was gerade zur mittäglichen Mahlzeit gehörte. Spaghetti oder Reis, Kartoffeln oder Bulgur. Mit der Gabel zog Anna kreuz und quer Linien, den Kopf über den Teller gesenkt. Sie schichtete Körner zu winzigen Hügeln, legte Spaghetti zu Linien, stapelte Kartoffelstücke. Da war ein pausenloses Umschichten, bis das Mittagessen vorbei war. Manchmal schob Anna eine halbe Gabel voll in den Mund. Manchmal kaute sie ein paar Blätter Salat, ein Stück Tomate. Uli konnte nicht hinsehen. Es machte sie rasend. Manchmal richtete jemand das Wort an Anna. Immer diejenige Person, die neu in Longoponto war und Anna freundlich einbeziehen wollte. Anna hob dann den Kopf und sah mit ihren großen braunen Augen knapp an der Person vorbei. Nie richtete Anna den Blick direkt auf jemanden. Sie sagte Ja oder Nein oder einen Satz, dann schwieg sie wieder und hörte zu. Wenn Anna zuhörte, legte sie den Kopf leicht schief. Wie ein Vögelchen sah sie aus. Eines, das seine schönen Augen weit aufriss und demjenigen, der redete, volle Aufmerksamkeit schenkte. Wie sehr Uli das auf den Sack ging. So ein feines Vögelchen schien immer in Gefahr, vom nächsten starken Windstoß fortgetragen zu werden. Dieses zarte, blasse Vögelchen brauchte Halt. Alles an Anna schrie danach, beschützt zu werden. Aber Uli führte ein Öko-Dorf, keine psychosomatische Klinik.

F rau Klaus.« Die Journalistin hatte sich ins Blickfeld von Uli gestellt und hielt ihr das Mikrofon entgegen. »Wie muss ich mir die Uli Klaus vorstellen, die vor zweiundzwanzig Jahren hier ankam?«

Uli atmete einmal kurz durch, gab dann eine rasche Zusammenfassung von der Uli zum Besten, die sie mit zweiundvierzig gewesen war. Dicker als jetzt – sie lachte – enthusiastisch, arbeitswillig. Sie kramte ein paar Anekdoten dazu hervor, wie sie empfangen worden waren. *Cappelloni* wurden sie genannt, die Langhaarigen, von den Einheimischen argwöhnisch beäugt. Dabei hatten sie wenig gemeinsam mit der Hippie-Generation, die ab Ende der sechziger Jahre die Tessiner Täler geflutet hatte. Frei sein wollte Uli, im Rhythmus der Natur arbeiten, ihr Leben nicht von Terminen bestimmen lassen, die andere setzten. »Make love not war« bedeutete nichts mehr für sie. Die freie Liebe war nicht im Fokus.

»Sie waren also nicht allein bei Ihrem Abenteuer. Wer begleitete Sie?«

Uli ärgerte sich kurz über sich selbst, weil sie in der Mehrzahl erzählt hatte. Jetzt konnte sie den Kollegen nicht mehr außen vorlassen. Uli holte nochmals Luft. Ja, ein Kollege begleitete sie, ein netter Mensch, den sie im Italienisch-Sprachkurs kennengelernt hatte. Damals trafen sich Lernwillige noch in einem gemeinsamen Raum und hatten eine Lehrperson vor sich stehen. Die Lehrerin von Uli und ihrem Kollegen war eine resolute Italienerin, die Konversation mit ihren Schülerinnen und Schülern betrieb, bis alle einen Knoten in der Zunge hatten. Dank dieser Lehrerin fand Uli schnell heraus, dass der sympathische Mann im Kurs denselben Traum wie sie hegte. Er wollte ein neues Leben, sein Dasein als Oberstufenlehrer hinter sich lassen, die Leistungsgesellschaft ebenso. Der Gong, der zu jeder Schulstunde schlug, engte ihn ein. Manchmal wünschte er, er könnte den Gong in die Luft sprengen.

An dieser Stelle lachte Uli, die Journalistin jedoch verzog kurz den Mund.

Der Mann war ohne Beziehung und kinderlos, ein paar Jahre jünger als Uli. Er wirkte kräftig und zäh. Nichts sprach dagegen, dass Uli ihm ihr Vorhaben mitteilte, am Ende der vierten Lektion im Italienischkurs. Er war begeistert. Er war mehr als begeistert, er war Feuer und Flamme. Alles, was Uli fortan plante, plante er mit. Als er sie das erste Mal nach Longoponto begleitete, kamen ihm die Tränen. Er stand in den Trümmern des ehemaligen Weilers, die nackten Beine zerkratzt vom Gestrüpp, das die Terrassen überwucherte, hielt das Gesicht zum Himmel gewandt und weinte. Ja, so war ihr Kollege. Uli lächelte, und weil die Journalistin nun langsam entzückt war, erzählte sie noch, wie der Kollege stundenlang durch die Wälder streifte und dabei Berge von Beeren und essbaren Wurzeln zurückbrachte. Den Terrassen rang er wahre Wunder ab. Wer hätte gedacht, dass hier oben je wieder Kohl, Rüben und Mangold wachsen würden? Wieder brachte Uli die Journalistin zum Staunen. Gemüse auf tausend Metern über Meer? Der Kollege musste wahrhaftig ein Kenner gewesen sein.

8

Ein Kenner? Uli biss die Zähne zusammen, damit ihr keine weiteren Worte entwichen. So ein Blödsinn. Große Theorien. Selbstversorgung. Blabla. Das simple Leben als Philosophie. Sich von dem ernähren, was die Natur hergab. Edelkastanien zum Beispiel. Der Kollege sammelte sie ab Oktober tonnenweise in den Wäldern von Arosio. Brennnesseln kochte der Kollege. Er stopfte sie mit Brennnesseln voll von April bis Juni. Kostenloses Gemüse, ein Geschenk der Natur, so dozierte der Kollege, das bloß niemand wollte, weil es gratis war. Auf Longoponto mussten sie Brennnesseln essen, bis sie ihnen aus allen Löchern kamen, begleitet von Referaten über *equal rights* und den Welthunger-Index. Er übte Kapitalismuskritik und erfand die Geldfreiheit neu. Wenn der Kollege eine Eingebung hatte, notierte er tagelang Theorien in kleinen Kästchen, wozu er sein mitgebrachtes Papier benutzte. Später, als es aufgebraucht war, kritzelte er die Wände voll im Rustico Olivero, das er bezogen hatte. An diesen Tagen stand er für Arbeiten nicht zur Verfügung. Auch wenn der Kollege im Licht badete, war körperliche Betätigung ausgeschlossen. Bei Stress verfehlte die Therapie ihre Wirkung. Diesen Phasen der Selbstachtsamkeit folgte die totale Verausgabung. Der Kollege rodete den halben Wald über Longoponto und klemmte sich dabei den Nerv ein. Uli renkte ihn wieder aus und redete dem Kollegen gut zu, weil beim nächsten Unwetter abgehendes Wasser seinen Garten wegspülte. Er türmte Steine zu Bollwerken, die nutzlos herumstanden. Er baute Berge von Bienenkästen, die nie genutzt wurden, weil er Angst vor Bienen hatte. Er schrieb ein Buch über die Menschheit, die immer mehr wollte. Er wurde krank vor Verachtung. Unsichtbare Krankheiten waren es, die ihn niederstreckten, tagelang aufs Lager warfen. Sie bescherten ihm schlimmste Träume, die er Uli an den Kopf warf, als hätte sie all die Qualen für ihn erfunden.

Und was tat sie, Uli Klaus, währenddessen? Sie malochte. Brennnesseln und Edelkastanien reichten nicht aus, um ihre hungrigen Mägen zu füllen. Reis und Pasta und Kartoffeln mussten her, dafür war Uli fünfundvierzig Minuten zu Fuß ins Dorf und eine Stunde zurückgelaufen, hatte Mehl, Salz, Butter, Öl und Essig und manchmal auch Zucker hochgeschleppt. Die Solaranlage fiel nicht vom Himmel, die brachte der Hubschrauber für eine Unsumme Geld pro Minute, dazu Zaunpfähle, Mörtel und einen neuen Herd, weil der alte durchgerostet war. Uli öffnete Longoponto für zahlende Gäste, schlug sich mit Lehrpersonen und Pubertierenden herum, managte Ausgebrannte. Abends verarbeitete sie, was der Wald hergab. Sie füllte Blütenknospen als falsche Kapern in kleine Gläser, kochte Beeren aus dem Wald zu Konfitüre ein, schwatzte alles dem Betreiber des Dorfladens auf und setzte in zähen Verhandlungen durch, dass sie fünfzig Prozent vom Verkaufspreis erhielt. Sie war froh um jeden Städter, der die überteuerten *prodotti autentici* kaufte. Uli machte sich die Hände mit Geld schmutzig und stopfte damit die finanziellen Löcher, die sich auftaten, weil Autarkie auf Longoponto sich als Illusion erwies. Und bei alldem begleitete sie der Kollege mit Vorträgen darüber, wie ein richtiges Leben zu führen war. Manchmal hätte sie ihn umbringen können.

Sie sind die Einzige, die seit der Gründung des Öko-Dorfs geblieben ist. Uli Klaus, bitte sagen Sie mir: Wie bewältigen Sie Konflikte?«

Uli lächelte und betonte wie in allen Interviews bisher, dass jede Begegnung hier oben im Respekt voreinander geschah. Konflikte gehörten selbstverständlich dazu. Sie wurden mit der nötigen Offenheit und achtsam angegangen.

»Ihr Gründerkollege«, beharrte die Journalistin. »Was trieb ihn dazu, das Paradies wieder zu verlassen?«

Ach, es war nun mal so, dass Wege von Menschen zusammenfanden und sich wieder trennten. Alles war im Fluss.

Uli brachte den Kollegen nicht um. Ihn rettete, dass er vom Dozieren zum schweigenden Boykott wechselte. Er bestrafte Uli mit Hunderten von Stunden vernichtender Stummheit. Ihre Haltung, ihre Tätigkeiten waren nicht mehr der Rede wert. Uli zuckte die Achseln und fand sich jeden Tag ein bisschen besser damit ab. Der Kollege verbrachte immer mehr Zeit im Wald und tauschte seinen Schlafplatz im Rustico Olivero gegen ein Zelt ein, das er wie eine Festung mit Steinmauern umgab. Die Mahlzeiten nahm er schweigsam und nur noch selten am gemeinschaftlichen Tisch ein. So bekam Uli auch seinen Entschluss nicht mit, Longoponto zu verlassen. Bloß die Inszenierung zum Aufbruch erlebte sie. Eines Morgens, als das Team und eine Schulklasse auf der Terrasse draußen beim Pausenkaffee saßen, kam der Kollege hinzu. Er trug ein kleines Bündel über die eine Schulter geworfen und seinen prall gefüllten Bergrucksack über der anderen. Der Rucksack war ein Relikt aus dem Oberstufenlehrer-Leben, als er Waren noch kaufte und nicht selbst herstellte. Der Mann stellte sich vor die Gemeinschaft hin, wartete einen Moment, bis alle verstummt waren, und donnerte dann den Rucksack zu Boden.

»Nehmt meine Habe!«, rief er, alle der Reihe nach fixierend. »Nehmt mehr, immer mehr für euch. Erstickt meinetwegen daran.«

Das Team von Longoponto saß erstarrt am Tisch, die Schulklasse ebenso. Eine Schülerin begann zu kichern, hörte aber sofort wieder auf, als niemand einsetzte. Der

Kollege griff in seine Hosentasche und warf etwas mit Schwung hoch in die Luft. Es glitzerte kurz in der Morgensonne und ging als Körnerregen auf die Granitplatten nieder. Es war Salz, das er nun überallhin warf, auf die Terrassen, auf Gemüse und Kräuter, den Hang hinunter Richtung Arosio.

»Auf dass die Natur gedeihe!«, rief er dazu. »Denn sie kann nichts für die Menschen hier!«

Dann war er weg. An Uli lag es, die verwirrt Zurückbleibenden mit ein paar Sätzen zu beruhigen und sie mit Arbeitsaufträgen auf andere Gedanken zu bringen. Zum Glück vergaßen die Menschen schnell. Uli allen voran. Und als Anna nach ein paar Wochen – oder waren es Monate? – eines Tages nicht mehr da war, weinte Uli auch ihr keine Träne hinterher. Einzig die schmutzigen Toiletten zeugten davon, dass Anna fehlte, also trimmte Uli die Schülerinnen und Schüler auf den Toilettendienst. Jeder Mensch war ersetzbar. Ein paar wenige Mal noch, wenn sich bei den Trockenmauern wieder einmal jemand besonders blöd anstellte und Steine so aufeinander fügte, dass alles einzustürzen drohte, streifte Uli ein Hauch von Erinnerung an eine, die mal da und dann ins Nirgendwo verschwunden war.

Noch eine letzte Frage. Hand aufs Herz, Uli Klaus:
Was fehlt Ihnen am meisten hier oben?«

Sie waren zum Tisch auf der Terrasse zurückgekehrt. Die
Journalistin stellte die Tasse auf den Tisch, den jemand unterdessen leer geräumt hatte. Uli stellte es mit Erleichte-
rung fest. Kein Löffel war mehr da, der sie in die Szene an
jenem Sommermittag zurückkatapultierte. Als sie die Tür
zum Rustico Olivero geöffnet hatte. Wo Anna am Tisch
saß, mit blassem Gesicht, darin schwarz wie ein Loch ihr
geöffneter Mund. Davor schwebte ein voller Löffel, von
einer Männerhand geführt. Ulis Kollege saß vor einem Teller. Seine Lippen waren geöffnet und schlossen sich, während er den Löffel ins schwarze Loch von Annas Gesicht
schob. Es war Brei, mit dem er Anna fütterte. Uli sah ein
bisschen davon, als Anna den Mund wieder aufsperrte, um
die nächste Portion zu empfangen. Bevor Uli die Tür un-
bemerkt wieder zuziehen konnte, ihren aufsteigenden Ekel
hinunterschluckte und das Ganze vergaß.

Teil 5

I

Bruno Costa saß auf dem Commissariato in Lugano
und fluchte. Der Fall war klar. Diese Präsidentin vom
Verein Amici della Valle di Muggio schikanierte ihn. Die
Frau gehörte zu den neunzig Prozent Menschen auf der
Welt, die sich wichtiger machten, als sie waren. Sie legte
ihm Steine in den Weg. Sie schob ein Problem vor.

»*Che palle!*«

Was das Problem war? Er wusste es nicht! Der *signora*
war es *unmöglich*, ihm an diesem Freitagmorgen vor elf
Uhr die Tür zum Roccolo di Merì aufzuschließen. Was
hatte eine Frau im Pensionsalter denn so Wichtiges zu tun?
Die *signora* führte sich auf, als würde er ihre Achselhöh-
len erkunden wollen. Sie hatte ihn mit ihren Bedenken
vollgelabert. Sie fürchtete, dass die Polizei die historische
Substanz schädigen würde. Historische Substanz! Hier
ging es um einen Mordfall! Was war denn das für ein Gezeter? Noch nie hatte Costa das Getue um den alten Plunder nachvollziehen können. Da gab es Leute, die krochen
in Erdlöchern umher und legten Scherben mit Pinseln frei.
Mit Pinseln! Bloß damit die Scherben später im Museum
hinter Glas liegen konnten, eine wie die andere und Schildchen dazu, deren kleine Schrift er nicht entziffern konnte.
Er war einmal ins Museum (wegen einer Frau!) gegangen,
danach nie wieder. Die Luft war schlecht dort. Und weshalb musste es so dunkel sein? Damit das alte Zeug nicht
kaputtging, wurde ihm erklärt. Aber wenn es bis jetzt nicht
kaputtgegangen war, weshalb sollte es nicht noch ein paar
Jährchen in diesen Glaskästen überleben, in die man es ge-

legt hatte? Dann könnten die Museumsleute doch ein bisschen Luft und Licht reinlassen für die Menschen, die den Plunder anschauen wollten. Bruno Costa schüttelte den Kopf. Museen gehörten zu den Dingen, die er zu hundert Prozent nicht verstand. Im Gegensatz zur Vereinspräsidentin. Die Frau war so etwas von durchschaubar. Wie sie ihr Dasein aufpolierte, indem sie ihn hier an diesem verdammten Bürotisch warten ließ, bis es elf Uhr war.

»*Che palle*!«

Costa griff zu seinem Handy. Er würde jetzt Adriano Tanner anrufen. Der Mann war Vize im Amici-della-Valle-Club. Er würde es nicht wagen, Brigadiere Bruno Costa in einem dringenden Verdachtsfall den Zutritt zum Turm zu verwehren.

»Geh schon ran«, murmelte Costa. »Los.«

Adriano Tanner würde den Schlüssel zum Turm organisieren. Er würde Costa die Tür öffnen, jetzt sofort. Bruno Costa würde als Erster den Tatort vom Fall Monte Generoso sehen. Costa lächelte. Da war er sich zu zweihundert Prozent sicher.

2

Adriano Tanner tastete die Wand des Badezimmers ab, als sein Handy in der Vestontasche vibrierte. Er fand den Lichtschalter, drückte ihn und gab die Tür für seine Klientin frei. Die Hinweise auf alle Finessen dieser Nasszelle trug er ihr vom Korridor her vor. Die Armaturen. Die exklusiven Fliesen. Er schwitzte unter seiner Schutzmaske, eine lästige Pflicht in diesen Zeiten. Aber Adriano Tanner wollte nicht klagen. Das Coronavirus machte zwar auch vor seiner Branche nicht Halt, dennoch erwiesen sich Immobilien gerade in Krisenzeiten wieder einmal als eine sichere Geldanlage. Der Nachfrageeinbruch blieb aus. Adriano Tanner musste keinen Augenblick um seine Anstellung bangen, und er war dankbar dafür. Mehr als zwanzig Jahre Erfahrung in der Vermittlung von hochwertigen Immobilien brachte er mit. Er kannte seine Klientel. Und eines wusste er: Diese Sorte Leute schätzte es gar nicht, wenn ihr Makler während einer Besichtigung sein Handy konsultierte. Adriano Tanner tat es trotzdem. Die Klientin war damit beschäftigt, die Funktionsweise der Duscharmatur zu durchschauen. Brigadiere Bruno Costa hatte angerufen. Bestimmt wollte er ein weiteres Mal insistieren, alle Fragen wieder aufs Neue stellen. Adriano Tanner sollte sich präzise daran erinnern, was genau er letzten Samstag auf der Alp Nadigh beobachtet hatte. Aber es war eine Krux mit der Erinnerung. Je mehr sich Adriano Tanner vor Augen zu führen versuchte, was sich dort abgespielt hatte, desto unsicherer wurde er. Es konnte sein, dass es *il folle* gewesen war. Vielleicht aber auch nicht. Letzte Nacht hatte sich Adriano Tanner seinen geliebten Haikus zuwenden müssen, um einen Ausweg aus den pausenlos kreisenden Gedanken zu finden. Er war aufgestanden, hatte das Büchlein aus dem Regal genommen und sich damit an den Küchentisch gesetzt. Er war die Silben durchgegangen, die er an den Abenden zuvor in stiller Arbeit über Stunden aneinandergereiht, verworfen und neu kombiniert hatte. Er hatte laut gelesen, seiner Stimme nachgehört, nochmals verbessert. Bis die Worte stimmig klangen in seinem Ohr.

Ein Kreischen im Badezimmer ließ Adriano Tanner zusammenzucken. Die Klientin hatte die Dusche in Gang gebracht. Adriano Tanner steckte das Handy in die Tasche seines Sakkos zurück. Er würde Bruno Costa vor dem nächsten Besichtigungstermin zurückrufen. Bis dahin würde sich in seiner Erinnerung vielleicht nochmals deutlicher abzeichnen, wer genau sich letzten Samstag bei der Nevèra auf der Alp Nadigh aufgehalten hatte.

3

In der Casa Rubio herrschte zu Beginn des Tages wie immer reger Betrieb. Unten auf dem Parkplatz fuhren die letzten Autos vor, Mütter und Väter in Eile. Türen knallten, Kinder lachten. Sie riefen nach Rubio. Die Eltern warfen sich Grußworte zu, küssten den Nachwuchs zum Abschied. Oben in der Küche wurde schon fleißig geschält und geschnipselt. Das Geplauder der Kinder drang durch die offene Tür auf den Kiesplatz hinaus, zwischendurch waren die ermunternden Anweisungen von Frena zu hören. Die Kochgruppe bereitete das Dessert für den Mittag und ein Frühstück für jene zu, die zu Hause noch keins erhalten hatten. Auf dem Kiesplatz war jeden Morgen während der Ankunftszeit die Gelegenheit, sich beim Ballspiel auszutoben. Emma begleitete. Das Kindergeschrei stieg zum Himmel, der wieder blau über dem Valle di Muggio strahlte. Commissario Bianchi horchte den Geräuschen nach, die bis zu ihm in Emmas verborgenen kleinen Garten drangen. Er saß an einem wackligen Mosaiktischchen am Notebook und nippte an seinem Cappuccino. Einzig Frena konnte den Milchschaum so zubereiten, dass er sich zum kompakten Berg weit über den Tassenrand hinaus türmte, ohne überzulaufen. Jetzt hörte der Commissario Emma rufen. Davides Stimme war ebenfalls zu vernehmen. Die beiden holten die Kinder zum gemeinsamen Morgenkreis zusammen. Commissario Bianchi sah auf die Uhr. Fünf vor acht. In gut zwei Stunden wussten sie mehr über Davide und dessen obskure WG in der Villa Santa Chiara. Der Mitarbeiter der Firma Homeguard war von Oerlikon nach Scudellate unterwegs. Commissario Bianchi wandte sich wieder den Fotos auf seinem Bildschirm zu. Es waren Bilder vom Fundort der Fußnägel, die Emma am Tag zuvor gemacht hatte. Das Oratorio der Chiesa dei Santi Quirico e Giulitta in Novazzano, die Nische hinter dem Sockel. Das große Wandgemälde links davon, gemalt vom Tessiner Künstler Giovanni Battista Tarilli, las der Commissario im Internet nach. Von 1549 bis 1614 hatte der Mann gelebt und Leonardo da Vinci kopiert, dessen Abendmahl vom Kloster in Mailand an eine Tessiner Wand gemalt.

»Leonardo positioniert Christus und die zwölf Apostel an einer langen Tafel, die bildparallel in der vordersten Ebene steht«, las der Commissario. »Jesus sitzt in der Mitte, gerahmt von der Türöffnung. Auf ihn laufen die Fluchtlinien der Zentralperspektive zu. Fluchtpunkt der Komposition und spirituelle Quelle der Geschichte ist Christus.«

So weit so gut, nicht wirklich etwas, das dem Commissario eine Erkenntnis verschaffte. Er klickte sich weiter durch Webseiten. Hielt inne, als er zur Pfarrkirche Sant'Ambrogio gelangte. Interessant. Auch dort hatte ein Tessiner Künstler eine Kopie des Abendmahls von Leonardo da Vinci gemalt.

»Ponte Capriasca«, murmelte der Commissario.

Der Ort lag siebenunddreißig Kilometer von Morbio Inferiore entfernt. Fünfunddreißig Minuten Fahrzeit für die Hin-, fünfunddreißig Minuten für die Rückfahrt. Das reichte genau.

Ich hole dich um 9:30 hier ab, schrieb er an Emma. *Bis gleich.*

Emma ertappte sich dabei, dass sie schon wieder zum Atelier für Kunst hinüberstarrte. Davide arbeitete dort fröhlich wie eh und je. Heute thematisierte er mit den Kindern, was mit Bühnenbild und Kulissen ihres Theaterstücks geschehen sollte. Wegwerfen? Ein entrüstetes Nein schlug ihm entgegen. Es wurde mit dem hohen künstlerischen Wert argumentiert und den Walen, die wegen des Mülls von Menschen sterben mussten. Einlagern? Hier ging die Diskussion über einen geeigneten Ort los. Leonardo bestand darauf, dass die Villa, in der er wohnte, über ausreichend Wandfläche verfügte, um ihr Bühnenbild am Stück aufzuhängen. Die anderen Kinder protestierten und überboten sich gegenseitig mit Kellern, Dachböden und Garagen. Noah warb für den Bootsliegeplatz seines Vaters. Alles wurde verworfen. Niemand durfte das Bühnenbild für sich allein zu Hause horten, es schon gar nicht im Keller den Mäusen zum Fraß vorwerfen. Schlussendlich einigten sich die Kinder auf Wiederverwertung. Wiederverwertung war gut für die Wale und warf sogar noch einen Gewinn ab, wenn sie als Kunst verkauft wurde. Die Kinder begannen, das riesige Bild unter Davides geduldiger Anleitung in Stücke zu schneiden. Welch begnadeter Vermittler dieser Davide war. Wieder tat sich vor Emma ein Abgrund auf, wie jedes Mal, wenn sie den Gedanken zuließ, dass Davide und seine WG in den Mord an der Frau vom Monte Generoso involviert sein konnten.

»Signora Emma?«

Emma wandte sich wieder ihrer Arbeit zu. Sie hatte

aus dem Kiesplatz einen Chill-Platz gemacht. Heute war Nichtstun angesagt. Keinen einzigen Programmpunkt hatte sie sich ausgedacht für die Kinder, die in den letzten Wochen zielorientiert und mit Disziplin auf die gemeinsame Aufführung hingearbeitet hatten. Langeweile musste sich breitmachen, und zwar so richtig. Darauf beharrte Emma. Aus der Langeweile entstand Neues. Es brauchte die Leere zwischendurch. Dieser Dauerdruck, kreativ tätig sein zu müssen, machte die Kinder fertig. Und Emma mit dazu. Sie war sogar versucht gewesen, das Handy zuzulassen. Eine Fraktion um Luca hatte sich beschwert, weil zum Chillen zwingend das Handy gehörte. Aber Emma hatte Frenas strengen Blick aufgefangen und war konsequent geblieben. Sie hatte den Jungs deutlich gemacht, dass sie nicht mit sich verhandeln ließ. Mit Davide zusammen hatte sie das Mobiliar aus der Liegeecke von drinnen nach draußen geschleppt. Außerdem hatte sie Bücher sowie Stifte, Papier, Knete, Garn und Glasperlen dazugestellt.

»Kannst du den Knoten lösen? Bitte?«

Maria sah zu Emma hoch. Wie schön dieses Gesichtchen war. Fein gezeichnet die Brauen über den hellblauen Augen, schwarze Wimpern, sanft gerundet die Wangen, die Lippen in einem Ton, gegen den jeder Lippenstift verlor. Manchmal setzte sich in Emmas Hals ein Kloß fest, wenn sie die Schönheit der Kinder sah, die sie betreute. So viel Feinheit war da, so viel Vertrauen. Und so viel Härte und Bosheit bei Menschen, denen diese Kinder noch begegnen würden. Emma seufzte und löste den Knoten für Maria, die sich hüpfend an ihren Platz zurückbegab. Neben ihr schnitt Elsa an einem Stück Papier herum, die Zunge zwischen die Lippen geklemmt. Alle anderen fläzten in der Lese- und Liegeecke. Emma schloss die Augen und hielt ihr Gesicht der Sonne entgegen. Sie musste kurz weggedämmert sein,

ein lauter Wortwechsel in der Leseecke ließ sie hochschrecken. Maria hatte unterdessen ihre Glasperlenschnur zur Kette verknüpft und trug diese als doppelten Kranz auf dem Kopf. Sie stakste steif wie eine Königin auf einem der Holzbänke hin und her, die den Kiesplatz begrenzten, und sah blasiert von oben auf alle anderen herab.

Wieder sah Emma zu Davide herüber. Er winkte und lächelte, schickte ihr einen Luftkuss. Er spielte perfekt die Rolle des neu Verliebten, der eine aufregende Nacht in Como verbracht hatte. Emma massierte sich die Schläfen. Sie hatte am Vorabend zu viel Rotwein getrunken, während einem langen Gespräch am Feuer. Heute früh hatte sie sich geärgert über die zweite Flasche, die sie geholt hatte. Das Pochen war unterdessen weniger geworden, aber noch immer da. Vor allem jetzt, als Königin Maria begann, auf der Bank herumzutrampeln. Ihre knallpinken Clogs mit Holzsohlen, die sie nie, aber auch gar nie ablegte, selbst bei einem Ausflug, bei dem Clogs als Schuhwerk äußerst ungeeignet waren, verstärkten mit jedem Fußtritt den Schmerz in Emmas Kopf. Ein Geist erlöste sie. Er hatte lautlos die Bank bestiegen und bugsierte Maria auf den Kiesplatz zurück. Jetzt leuchtete sein weißes Knochengesicht grell in einem Sonnenflecken auf. Still starrte er aus schwarzen Augenhöhlen zu Maria hinunter, die in wildem Tanz ihre Beine und Arme verwarf und Worte zum Geist hoch rief, die Emma nicht verstand. Es tönte nach Spott.

»Der Tod und das Mädchen.«

Emma zuckte zusammen, und Rauch stieg ihr in die Nase.

»Basler Totentanz, 15. Jahrhundert. Haben wir kürzlich thematisiert.« Davide stand neben ihr und zog lächelnd an seiner Zigarette, während er den Blick unverwandt auf Maria und Elsa gerichtet hielt. »Sind sie nicht allerliebst?«

Elsa hatte sich die Papiermaske vom Gesicht gerissen

und zum Ball geknüllt, den die Mädchen nun gekonnt über den Platz dribbelten, den armen Leonardo austricksend, der vergeblich versuchte mitzuhalten.

»Angewandte Kunst sozusagen.« Davide lächelte zu Emma hinunter, bevor er sich umdrehte, um zum Atelier zurückzugehen. Emma starrte ihm hinterher. In ihrem Kopf pochte es. Sie atmete tief durch, sah zu den Lindenblättern hoch. Grün beruhigte. Dann erhob sie sich, um den Papierball aufzusammeln, der jetzt unbeachtet am anderen Ende des Kiesplatzes lag. Der Tod und das Mädchen.

Frena sang. Zuerst *Der Papa wird's schon richten*, dann *Schwarzes Gold*. Mochte sich die Bande in der Küche lustig machen, so lange sie wollte. Sogar die Gräueltat vom Monte Generoso vermochte Frena wenig zu erschüttern. Frena war glücklich. So glücklich wie nie mehr seit dem Tode ihres alten Cavadini selig. Sie hatte gestern beim Apéro herausgefunden: Der Herr Tanner war gar nicht verheiratet. Davide hatte ihr einen Bären aufgebunden, und sie hatte sich narren lassen. Herr Tanner war Junggeselle. Das hatte er Frena gestern bei einem Glaserl Rotwein erzählt. Herr Tanner lebte nach einer großen Liebe seit Jahren allein. Herr Tanner schrieb Gedichte. Frena liebte Gedichte, vor allem Haikus. Wenn Herr Tanner nachts keinen Schlaf fand, setzte er wie Frena einen Topf für warme Milch auf. Er trank sie mit Kristallen versetzt, wie Frena, Kristallen aus Milch von Kühen, die nachts von Bauern gemolken wurden. Die Nachtmilch sorgte für einen besseren Tiefschlaf. Frena und Herr Tanner hatten gemeinsam ein Hoch auf die Nachtmilch ausgesprochen und noch ein Glaserl Rotwein getrunken. Ab und zu aß Herr Tanner ein Omelett und Emmentaler Käse mit Walnüssen am Abend. Auch das half für guten Schlaf. Das war Frena neu, sie wollte es ausprobieren. Nach dem dritten Glaserl hatten Frena und Herr Tanner leise das Lied *Und manchmal weinst du sicher ein paar Tränen* gesungen. Denn Herr Tanner liebte den Peter Alexander über alles. War das nicht eine glückliche Fügung? Das vierte Glaserl wollte Herr Tanner dann nicht mehr annehmen. Aber bei ihrem nächsten Zusammentreffen, hatte Herr Tanner gesagt, würden sie gemeinsam aufs Du anstoßen. Und aus der Konstellation ihrer Gestirne lesen, was sie sonst noch verband.

6

Um fünf vor zehn Uhr an diesem Freitagmorgen reckten die Bewohnerinnen und Bewohner von Scudellate die Hälse. Ein Firmenwagen mit Zürcher Nummernschild nahm die letzte Kurve am Dorfeingang, wendete und parkte entlang der Mauer unterhalb der Kurve, wo sich in der Regel bloß Gäste der Osteria Manciana hinwagten, zentimetergenau eingewiesen vom Wirt Orazio Gaffuri, der oben auf der Terrasse stand und das Manöver überwachte. Die Aufmerksamen unter den Bewohnerinnen und Bewohnern von Scudellate erkannten das Auto sofort wieder. Es war hier vor längerer Zeit schon ein paarmal aufgetaucht, allerdings zweihundert Meter vor dem Dorf an der Via Principale stehen geblieben. Die Neugierigen googelten den Namen. Ein schmächtiger Mann stieg aus, schaute kurz aufs Handy und ging dann schnellen Schrittes die Straße hinunter, zurück in die Richtung, aus der er gekommen war. Die Bewohnerinnen und Bewohner von Scudellate sahen ihm zweifelnd nach. Das war nicht der Richtige, der gekommen war, um das Anwesen von A.C., die Villa Santa Chiara, vom Gesindel zu befreien, das sich hier breitgemacht hatte. Da ließ der dunkelblaue Volvo mehr Hoffnung aufkommen, der drei Minuten später hinter dem Firmenwagen parkte und nach Polizei in Zivil aussah. Allerdings sank die Hoffnung, als die Insassen ausstiegen. Der hochgewachsene Mann mochte noch angehen. Aber eine Frau mit wirren Haaren und Hund? Die war bereits einmal hier herumgeschlichen. Die Bewohnerinnen und Bewohner von Scudellate schüttelten den Kopf.

Einmal mehr war bewiesen, was die in Lugano unten von Bergtälern hielten. Sandten ihnen die letzten Restposten an Personal hoch.

Jedes Mal, wenn Emma später im Rückblick an die Besichtigung der Villa Santa Chiara an jenem Freitagmorgen im Mai 2021 dachte, hatte sie den Geruch von Davides Aftershave in der Nase, dazu das Gebell von Rubio im Ohr. »Besichtigung« nannten der Commissario und Emma ihre Aktion, die sie im Schlepptau der Firma Homeguard unternahmen. In rutschfesten Schuhüberziehern folgten sie dem Mitarbeiter zuerst hinter das Tor in den Garten, dann durch den prächtigen Eingang ins Haus. Bei jeder Tür, die der Mann für sie öffnete, sah Emma zuerst mit halb zusammengekniffenen Augen hin – ihre Technik, das Grauen dosiert in sich eindringen zu lassen, wenn sie Horrorfilme, Kriegsreportagen und Dokumentationen sah, in denen kranke Kinder vorkamen. Bei jedem neuen Raum, den sie betraten, riss Emma erstaunt ihre Augen auf: Da reihten sich Salon und Bibliothek aneinander, Kaminzimmer, Küche und Flur, Esszimmer und Gästebad, Gästezimmer und Glasveranda. Jeder Raum wirkte, als ob er eine Zeitschrift für Innenarchitektur füllen müsste. Jedes Deko-Kissen hatte seinen Platz, frisch aufgeschüttelt. Die Vorhänge waren in regelmäßigen Falten drapiert, Fransen von Läufern in eine Richtung gekämmt. In der Küche glänzten Chromstahl und Marmor, Keramikplatten im Badezimmer. Im Obergeschoss lagen Schlafzimmer eins, zwei, drei und vier unberührt, die Tagesdecken auf den Betten waren makellos glatt gestrichen. Das Badezimmer wirkte, als hätte nie jemand auch nur einen der polierten Hähne berührt, geschweige sich auf den einladenden Toilettenrand gesetzt. Das Turmzimmer war als Schreibatelier inszeniert. Nichts als ein filigranes Tischchen mit antiker Schreibmaschine stand in der Mitte des Raums, davor ein Stuhl. Eine Klause für Kreative. Der kleine Balkon wies ebenfalls keine Spur von Menschen auf, die hier bis vor Kurzem gelebt hatten. Emma und Marco sahen sich an.

»Ich beantrage einen Durchsuchungsbeschluss«, sagte Marco.

»Und wonach suchst du?«

»Danach, was hier verschwunden ist.«

»Wenn das deiner Behörde reicht?«

Marco hob die Schultern, ließ sie fallen. Sie stiegen dann die Treppen wieder hinunter und begutachteten auf dem Weg nach draußen nochmals jeden Raum. Da war nichts. Bloß perfekt angeordnete Materie, die sich über ihre Besucher lustig machte.

»Ha, da glotzt ihr blöde, was!«, rief ihnen das Mobiliar entgegen. »Hier ist nichts außer totem Stoff, Leder und Kinkerlitzchen. Wir warten hier auf unseren Herrn, den Besitzer, der bis zum letzten Tag keine Zeit haben wird, sich uns zu widmen. Er wird am Streben sterben, noch reicher zu werden, bevor er sich auch nur einmal vors Kaminfeuer setzt, um ein Buch aus der Bibliothek zu lesen. Nie im Leben wird er auch nur ein Wort auf seiner alten Schreibmaschine schreiben!«

Als sie wieder vor der Eingangstür standen, sagte der Mitarbeiter von Homeguard: »Ich habe jede einzelne Kamera dreifach überprüft. Hier funktioniert alles perfekt.« Kopfschüttelnd sah er wieder in seinen Computer. »Als wäre nie jemand da gewesen. Und falls doch: Hier waren Profis am Werk.«

Ein Gong ertönte. Der Mann zuckte zusammen.

»Mein Mitarbeiter«, sagte Emma. »Draußen vor dem Tor. Bitte geben Sie uns noch zehn Minuten.«

8

Davide beharrte darauf. Er wusste von nichts. Mit weit aufgerissenen Augen ließ er sich von Emma durch die Villa Santa Chiara peitschen, von Raum zu Raum. Wie bitte? Seine wg war von einem Tag auf den andern nicht mehr vorhanden? Und er musste draußen vor dem Tor klingeln, weil sein Zugangscode nicht mehr funktionierte? Gestern früh war noch alles normal. Nein, seither war er nicht mehr hier gewesen.

»Du weißt es doch, Emma«, erklärte er mit verschmitztem Lächeln, »ich habe nicht hier übernachtet.«

Emma schilderte ihm, was der picklige Junge am Vortag hier gefilmt hatte. Davide zuckte mit den Schultern. Einen silberfarbenen bmw hatte er hier noch nie gesehen. Offensichtlich empfing seine Mitbewohnerin Besuch, den er nicht kannte. Miriama hieß sie. Ob er denn noch nie von ihr erzählt hatte? Nein, ihren Nachnamen kannte er nicht. Sie waren da nicht so formell. Ein Menschenhändler, der Miriama abgeholt hatte? Davide machte sich lustig über Emmas Frage.

»Aber Emma, wie rassistisch ist das denn? Die arme schwarze Frau, hilflose Ware, die von einem Ort an den anderen verschoben wird?«

Das Einzige, was Davide zu kümmern schien, waren seine persönlichen Sachen. Die waren weg. Im rotgoldenen Schlafzimmer im Obergeschoss – »Das war meins, Emma, ist es nicht einfach nur schön?« – spielte Davide perfekt die Nummer des Geprellten. Er suchte jammernd und kam zum Schluss, dass all seine persönlichen Dinge zusammen mit Miriama verschwunden waren. Er hatte noch das, was er gestern früh in seine kleine Tasche gepackt hatte. Emma hätte ihn an die Wand mit der roten Tapete klatschen können. Wie der Kerl lügen konnte. Von wegen der Mama mit dem Auto helfen. Emmas Bullenhund hatte schon längst herausgefunden, wen der Goldjunge gestern Nachmittag getroffen hatte, um die persönlichen Dinge zu übergeben. Den Mann, den Rubio noch nie hatte riechen können. Den Mann, der hier in der Villa Santa Chiara am anderen Ende des Korridors gehaust hatte, wenn er mal wieder zu Besuch in Scudellate war, aus welchen Gründen auch immer. Im Schlafzimmer ganz in Silber und Schwarz hatte der Typ gewohnt, da, wo Rubio vorhin außer sich geraten war. Aber Emma konnte Davide damit konfrontieren, solange sie wollte. Sie konnte die Fragen von allen Seiten auf ihn einprasseln lassen. Davide beharrte darauf: Er war ein armes, ahnungsloses Opfer, überrascht von den Geschehnissen, hintergangen von der Kollegin. Nicht einmal beim Getreidebrei, den Emma ihm unter die Nase rieb, geriet er aus der Fassung.

»Den, den du dir bestellt hast. Für Babys ab dem sechsten Monat«, sagte Emma. »Zum Anrühren, im Vorteilspack. Wo ist das Baby?«

»Hier.« Davide tippte sich mit dem Zeigefinger gegen die Brust. »Auch wenn du mir das nicht glauben wirst.« Er beugte sich zu ihr und flüsterte: »Du kannst dir nicht vorstellen, wie fein das schmeckt.«

Der Mitarbeiter von Homeguard war nach Zürich aufgebrochen und Davide in seinem Fiat Panda davon-
gebraust. Frena und die Kinder brauchten ihn.

»Wenn du schon Polizistin spielst, Emma«, hatte er beim
Einsteigen mit einem Augenzwinkern gesagt.

»*Va fan culo*«, hatte Emma gemurmelt.

Sie war ratlos und frustriert. Nichts ließ sich in diesem
Fall zu einem sinnvollen Strang verknüpfen. Lose Fäden
lagen überall, wohin sie nur sah, und dieser Davide tanzte
ihr auf der Nase herum.

»Rubio, *no*!«

Rubio stupste ungeduldig ihre Hand an. Sie standen nun
schon eine Weile neben dem Volvo. Marco hatte einen Anruf erhalten und ging ein paar Meter weiter unten der Via
Principale entlang.

»*Signora, vieni*!«

Von der Terrasse der Osteria Manciana winkte der Wirt.
Emma zögerte kurz, gab dann Marco ein Zeichen und ging
die Kurve hoch, um zum Eingang der Osteria zu gelangen.
Ein paar Worte konnten nicht schaden, der Mann schien
hier den Überblick zu haben. Und er sah aus, als könnte
er einen Cappuccino herzaubern, auch wenn seine Osteria
eine Baustelle war. Als Orazio Gaffuri stellte er sich vor,
Sohn des Dorfes, nach Jahrzehnten im Ausland wieder zurückgekehrt. Wortreich hieß er Emma und Rubio willkommen. Den Cappuccino zauberte Orazio tatsächlich her, in
einer Küche, die inmitten der Baustelle blitzblank gehalten
war. Den offerierten lokalen Weißwein konnte Emma ab-

wehren, aber die Oliven und den *Zincarlin* musste sie probieren. Rubio erhielt Wasser und Wurst. Orazio Gaffuri hielt sein Ossobuco am Köcheln, während er die neuen Wege ausführte, die er mit seinem Tourismusprojekt »Albergo diffuso« ging. Die Osteria hier wurde mit Empfang und Restaurant zum Treffpunkt, im ehemaligen Schulhaus nebenan entstand ein Ostello, Häuser und Wohnungen über den Ort verteilt beherbergten Feriengäste. Das Interesse an seinen Ideen war überraschend groß, gerade für heute hatte ein potenzieller Investor seinen Besuch angekündigt. Das Ossobuco war für den Mann bestimmt.

»Kleine Bestechung«, zwinkerte Orazio. »Eine ganz kleine.«

Albergo diffuso kam er auf Adriano Tanner zu sprechen, dem Experten für die Kulturbauten des Tales, ein Mann mit Herzblut und Sachverstand.

»Den kennst du bestimmt, Emma. Er ist ein Partner von mir, wir bauen die Alp Nadigh zum Agritourismuszentrum aus, bringen altes Kulturgut zum Blühen.«

Eine Perle war er, der Adriano, solche Menschen brauchte das Tal. Diese Zugewanderten, die sich mit Leib und Seele engagierten, und solche wie ihn, Orazio, welche an den Ort ihrer Kindheit und Jugend zurückkehrten.

»Wir brauchen junge Menschen im Valle di Muggio, Emma. Und junge Menschen kommen nur, wenn es Arbeit gibt. Sieben Arbeitsplätze schaffe ich allein mit dem Ostello und der Osteria, verstehst du?«

Orazio lotste Emma und Rubio an den Arbeitern vorbei, die die künftige Gaststube renovierten, öffnete ihnen galant die Glastür nach draußen und präsentierte mit einem schelmischen Lächeln den Blick von der neugebauten Terrasse, die sich nach vorne aufs Tal hin öffnete.

»E bello, non è vero?«

Er deutete ins Tal hinunter auf ein rotes Gebäude, das von hier zu sehen war. Ein Hof, den er kürzlich gekauft hatte, sein Schwager würde ihn für die Städter mit ihren Kindern in ein Agriturismo verwandeln. Sie konnten dort leibhaftige Kühe kennenlernen und Ziegen streicheln, zum ersten Mal in ihrem Leben ein wenig Erde zwischen die Finger kriegen oder ein Euter zum Melken, wer wollte. Orazio dachte an Töpferkurse und Klausuren für Manager inklusive Eselwanderungen. Das beste Angebot aber hatte er aus seiner Sicht für sein Dorf ersonnen, das Schmugglernest mit stolzer Tradition: eine Erlebniswanderung von Scudellate nach Erbonne, die in knapp dreißig Minuten zu Fuß über die Grenze ins italienische Dorf führte. Bei einbrechender Dunkelheit würde die Gruppe den schmalen Pfad durch den Wald nehmen, angeführt von einem »Schmuggler«, der wie vor neunzig Jahren ausgerüstet war, ganz authentisch. Und auf halber Strecke, dann, wenn die Wanderer sich sorglos zu unterhalten begannen, ihre Stimmen immer lauter wurden, dann würde – »Peng!« – Orazio lachte vergnügt, als Emma und Rubio zusammenzuckten – ein Grenzwächter hinter einem Baum hervorstürzen und nach heftigem Gerangel den Schmuggler festnehmen. Kurz würde sich in der überraschten Gruppe der Schrecken breitmachen, dann würde der Fokus auf der Wissensvermittlung liegen, auf Fakten zu damals, alles historisch belegt. Orazio hatte ein Casting gemacht und schon beide Rollen besetzt. Sein Neffe Rosario gab den Schmuggler, ein gewisser Sebastiano den Grenzwächter. Unglaublich, wie Sebastiano den brutalen Grenzwächter spielen und danach in die Rolle des Wissensvermittlers schlüpfen konnte.

»Sebastiano?«, unterbrach Emma. Es war das erste Wort, das sie sagte, seit sie die Osteria Manciana betreten hatte, außer »*grazie*« und »*no*«, als der Wirt ihr noch mehr Käse, ein bisschen Ossobuco aufdrängen wollte.

»*Il folle, sì*«, nickte Orazio. »Ein Talent. Der Mann ist auch keineswegs irr. Jedenfalls nicht mehr als wir alle.« Er zündete eine neue Zigarette an und schaute auf sein Handy, das zu klingeln begonnen hatte. »Wenn man vom Teufel spricht«, Orazio machte eine entschuldigende Handbewegung zu Emma hin und hielt sich das Handy ans Ohr. »Sebastiano, *che c'è*?«

Emma nutzte die Gelegenheit, bedankte sich pantomimisch für die Bewirtung und drückte sich mit Rubio an den Arbeitern vorbei zurück auf die Straße und zu Marco, der eben sein Auto aufschloss.

»Du hast den Durchsuchungsbeschluss nicht erhalten«, sagte Emma. »Aber nur deswegen schaust du nicht so.«

Marco nickte zuerst und schüttelte dann den Kopf. »Ein bisschen erschreckend, wie einfach du mich liest, Emma. Ja, ein Durchsuchungsbeschluss für die Villa Santa Chiara ist nicht gerechtfertigt, hieß es.«

»Die Bullen wieder«, murmelte Emma. »Die machen eh nichts, wenn Bonzen beteiligt sind.«

»Bitte?«

»Nichts«, Emma ließ Rubio auf dem Rücksitz Platz nehmen. »Das war nur ein Zitat.« Sie schloss die Tür und wandte sich wieder Marco zu. »Und jetzt die wirklich wichtige Nachricht. Was hast du erfahren, Marco?«

10

In Ponte Capriasca«, sagte Marco, nachdem sie losgefahren waren, »steht die Pfarrkirche Sant'Ambrogio.«

Emma nickte. »Die habe ich gestern auch recherchiert. Dort gibt es einen zweiten Leonardo da Vinci.«

Marco wandte ihr verblüfft das Gesicht zu, schaute dann aber schnell wieder auf die Straße. Die Kurven waren eng hier. »Eine weitere Kopie vom Abendmahl«, sagte er, »Mitte sechzehntes Jahrhundert von einem unbekannten Meister ausgeführt, wahrscheinlich von Cesare da Sesto, einem der besten Schüler Leonardos …«

»Blabla«, unterbrach Emma. »Du wirst mich doch jetzt nicht mit dem Zeug aus Wikipedia belehren. Wie in einem Kriminalroman, der künstlich verlängert wird.« Emma richtete sich jäh in ihrem Sitz auf. »Du warst da!«, rief sie und fixierte ihn von der Seite. »Heute früh bist du hingefahren!«

»Zehn Fingernägel«, sagte Marco. »In einem identischen Beutelchen aus blauem Stoff.«

»Wo hast du sie gefunden?« Emmas Herz hatte zu rasen begonnen.

»In einer Nische in der Nähe des Bildes. Ich musste ein paar Minuten suchen.«

Emma sah die Knöchel an Marcos Händen hervortreten, so fest umklammerten sie das Lenkrad. Ihre Frage erübrigte sich. Auch diese Nägel passten zur Toten vom Monte Generoso.

Bruno Costa stocherte in der Tupperware, die seine Frau ihm heute früh mitgegeben hatte. Nudelsalat. So weit so gut, er schätzte die Geste. Seine Frau versorgte ihn mit einem Mittagessen in diesen Zeiten. Sie half ihm darüber hinweg, dass die Gaststuben der Restaurants seit Monaten geschlossen blieben, dass er als hart arbeitender Teil der Bevölkerung seit Wochen auf sein fettes Rahmgeschnetzeltes oder ein knusprig gebratenes Cordon Bleu verzichten musste oder die Wahl hatte, es bei Wind und Wetter draussen auf der Terrasse zu verzehren. Seine Frau machte es mit ihrer täglichen Tupperware-Dosis erträglicher, hier am Bürotisch wie ein Gefängnisinsasse allein zu sitzen. Besser als ein trockenes Sandwich vom Coop war der Nudelsalat allemal. Aber die Salami-Stückchen fehlten, der Lyoner ebenfalls. Kein einziges Restchen Siedfleisch verbarg sich hier, kein Stück Speck. Costa konnte stochern, wie er wollte, jede Penne wenden: nichts als Oliven und Artischockenherzen, Auberginen- und Zucchetti-Stücke. Aus dem braunen Allerlei stachen bloß ein paar knallrote Peperonistreifen heraus, die ihm aufstießen, wenn er sie nur ansah. Costa hatte schon länger einen Verdacht, jetzt musste er bloß eins und eins zusammenzählen. Der Reissalat gestern und die Pizza von vorgestern, das Zaziki vom Dienstag und die Thai-Rollen vom Montag: alles durch und durch fleischlos. Seine Frau wollte ihn zum Vegetarier machen, still und heimlich infiltrieren mit ihrem Umweltbewusstsein.

»*Porca miseria, amore*!«, rief Costa und schob die Tupperware von sich. »Wollt ihr mich eigentlich alle fertig-machen?«

Sein Handy klingelte. Eine unbekannte Nummer. Für den Fall, dass Costa heute doch noch den Schreibtisch hier verlassen konnte, hatte er sein Bürotelefon aufs Handy umgeleitet, dieser dummen Kuh vom Amici-Club we-gen. Sie hatte den 11-Uhr-Termin für die Besichtigung des Roccolo abgesagt und wagte es, ihn auf Abruf für heute Nachmittag warm zu halten. Hatte man Worte für so viel Frechheit? Nein. Nicht einmal er, Bruno Costa, Brigadiere vom Commissariato Lugano, Leiter *in spe*. Denn dass er früher oder später zum Nachfolger vom Chef wurde, war zu hundert Prozent sicher. So sicher wie die Tatsache, dass Bruno Costa zu tausend Prozent niemals im Leben Vegeta-rier wurde. Sein Handy klingelte noch immer. Costa hatte keine Lust darauf, wieder einen unnützen Hinweis aus der Bevölkerung entgegenzunehmen. Eine bescheuerte Fan-tasie, aus Langeweile geboren, die ihm einen Samstag im Dienst bescheren würde. Er wusste es jetzt schon. Costa seufzte und tippte die grüne Taste an.

»Commissariato Lugano, Brigadiere Costa?«

Eine Frau meldete sich. Schneidige Stimme, präzise Sätze. Eine Ausländerin, aber des Italienischen mächtig. Bruno Costa hörte gut zu. Er hätte sich mit ziemlicher Sicherheit ungern so gesehen, mit diesem bescheuerten Gesichtsaus-druck und herabhängendem Unterkiefer. Aber er hatte sich und die Lage schnell wieder im Griff. Er nahm alle Kontaktdaten auf und beendete das Telefon. Jetzt war eine Videokonferenz angesagt. Jetzt würde er dem Chef und dieser Emanze aufzeigen, wie Brigadiere Bruno Costa mal so richtig die Spreu vom Weizen trennte. Er würde den beiden die Wahrheit über den Mörder vom Monte Gene-roso auftischen, ein Körnchen nach dem andern.

Emma hätte am liebsten das Handy geschüttelt. Sie saß neben Marco im Volvo auf dem Parkplatz. Sie waren eben auf die Casa Rubio zugefahren, als Costa anrief. Seit gefühlt tausend Jahren ließ Emma nun schon die Ausführungen dieses aufgeblasenen kleinen Polizisten über sich ergehen.

»Wie gesagt: eine Aussteigerin«, schloss er nun. »Öko, aber absolut vertrauenswürdig.«

»Und warum jetzt?«, fragte Emma. »Was bringt sie darauf, am Freitag, den 7. Mai um kurz nach zwölf zum Telefon zu greifen und einem Polizisten die Geschichte von einem Mann zu erzählen, der eine Frau mit dem Löffel füttert?«

Costa ignorierte sie wie immer. »Abhängigkeit«, sagte er und fuchtelte vor der Kamera herum. Sein rechter Mittelfinger war noch immer dick eingebunden. »Der Austausch zwischen den beiden weist auf ein Abhängigkeitsverhältnis hin.«

Emma sah aus dem Augenwinkel, wie Marco nickte.

»Der Mann hat die Öko-Kommune im Sommer 2005 verlassen«, fuhr Costa fort, »die Frau wenige Monate später. Es ist möglich, dass sie ihm folgte, aufgrund dieses Verhältnisses, das offenbar auf ungleicher Machtverteilung beruhte. Die Frau heißt übrigens Anne-Catherine.«

Emma hätte den Mann gerne in den dicken Verband gezwickt. Marco beugte sich vor. Sein Blick saugte sich am Display des Handys fest.

»Aber alle nannten sie Anna«, sagte Costa. »Ohne Nachnamen. Sie kam ursprünglich aus Frankreich, wollte aus unbekannten Gründen von dort weg. Niemand wusste etwas aus ihrem Leben. Frau Klaus hat sie aus Gefälligkeit aufgenommen.«

»Ach, wie großzügig, die Öko-Tante«, sagte Emma. »Sie hat die Arbeitskraft einer Frau in Not ausgenutzt. Hat sie ihr einen Lohn gezahlt? Die Frau bei der Sozialversicherung angemeldet?«

Costa ging nicht darauf ein. Er holte nochmals aus. Wie komisch diese Anna aus Frankreich sich benommen hatte. Wie es der Frau Klaus nach und nach gedämmert hatte, dass das Opfer vom Monte Generoso etwas mit der Frau zu tun haben könnte, die aus ihrem Öko-Dorf verschwunden war, ohne auch nur eine Spur zu hinterlassen.

»Keine einzige Information dazu, wohin sie aufgebrochen war? Kein Lebenszeichen danach?«, fragte Marco. »Du hast doch bestimmt kurz recherchiert nach dem Telefon.«

»Natürlich habe ich das«, sagte Costa. »Aber da ist nichts. Beim Mann hingegen habe ich einen Anhaltspunkt. Eine Information von Frau Klaus.« Er schwieg.

»Himmel!«, rief Emma. »Jetzt sag schon!«

Costa lächelte. »Das Tessin ist groß, und die Schweiz ist noch viel größer. Der Kollege von Frau Klaus hätte zurück in den Aargau gehen können, wo er herkam. Aber so weit kam er nicht. Er stieg von diesem Öko-Dorf über Arosio herunter und reiste fünfunddreißig Kilometer südwärts. Das war das Letzte, was Frau Klaus zugetragen wurde, auch wenn sie nichts mehr von ihm wissen wollte. Dass der ehemalige Kollege als Erntehelfer im Weinberg der Cantina Sopradini Arbeit gefunden hatte.«

»Wo liegt der?«

»In Morbio Inferiore«, sagte Costa.

Marco ließ sich in den Sitz zurückfallen.

»Im Weinberg steht ein ehemaliger Vogelfängerturm. Diese Türme sind eine Spezialität im Valle di Muggio.« Costa lächelte süffisant. »Früher war der Roccolo Übernachtungsmöglichkeit für die Arbeiter. Jetzt ist er auf der Webseite von Turismo Ticino als Ferienhäuschen für vier Personen ausgeschrieben.«

Emma sah, wie sich auf Marcos Unterarmen eine Gänsehaut bildete.

»*Porca miseria*«, sagte sie. »Und hat der ehemalige Kollege von Frau Klaus auch einen Vornamen? Oder allenfalls einen Vornamen *und* einen Nachnamen?«

»Ja«, sagte Costa. Sein Grinsen war nun so breit, dass es weit über das Kästchen auf dem Display von Marcos Handy hinausreichte. »Sebastian. Sebastian Bart.«

13

Jetzt war die Präsidentin des Vereins Amici della Valle di Muggio plötzlich verfügbar. Costa hatte durchs Telefon gesehen, wie sie den Mund aufgeklappt und eine Weile nicht mehr zugekriegt hatte. Der Fall vom Monte Generoso hatte etwas mit dem Roccolo di Merì zu tun? Das Opfer war hinter diesen denkmalgeschützten Mauern zu Tode gekommen? Selbstverständlich würde die Präsidentin der Polizei Zutritt zum Turm gewähren, ganz persönlich sogar, jetzt sofort.

Nun rannte sie. Sie rannte den Pfad von Scudellate zum Roccolo hoch, den Schlüssel in der Faust, im Kopf schlimmste Szenarien. Im Zimmerchen hinter den geschlossenen Fensterläden sah sie ein vergammeltes Todeslager, den Boden von menschlichen Exkrementen verkrustet. Im Erdgeschoss gleich hinter der Tür eine mäusezerfressene Matratze liegend, Dosen und Dreck dieses Wahnsinnigen, den sie schon lange gerne hinter den Mauern einer Psychiatrie gesehen hätte. Die Präsidentin roch bereits den Kot und Urin und ungewaschene menschliche Haut, ein Geruch, der sich für immer mit dem historischen Gemäuer verbinden würde. Sie fürchtete das Schlimmste. Beim Turm oben angekommen, keuchend und als Erste, steckte sie den Schlüssel ins Schloss. Mit behandschuhten Fingern, wie von der Polizei vorgeschrieben. Die Präsidentin drehte den Schlüssel und drückte die Falle nach unten. Sie versicherte sich mit einem Blick über die Schulter, dass die beiden Polizisten sie eingeholt hatten. Dann stieß sie die Tür auf.

Sebastian Bart saß unter den knospenden Zweigen des Strauchs verborgen und sah den Besuch von Scudellate her den Berg hochkommen, eine Frau und zwei Männer. Den einen kannte er bereits. Sebastian Bart spuckte aus. Sie hatten es eilig. Der Turm war ihr erstes Ziel. Die Frau beugte sich über das Türschloss. Sie verschwanden im Turm. Sebastian wandte sich wieder den Knöchelchen zu und löste die Fäden, an denen sie aufgeknüpft waren. Eine mühselige Arbeit, bis alle Gerippe in der Tüte neben ihm lagen, von Sonne und Wind gebleicht und poliert. Bis er daraus eine neue Kette gemacht hatte, würde er Tage brauchen. Eine Kette im Gedenken an Anna würde es sein, so hatte er beschlossen. Für Anna sollten die Knochen um seinen Hals baumeln. Anna hatte Vögel geliebt, sie hatte mit ihnen gesprochen. Wie er es geliebt hatte, wenn sie ihm deren Antworten übersetzte. Anna, die Spinnerin, Anna mit ihren Mauern und Marotten. Anna, die immer mehr wollte, bis auch sie ihm zum Hals heraushing. Sebastian Bart strich sanft über die Rippchen und Flügelchen, Wirbelsäulen und Beinchen. Dann erhob er sich und ging zum Stall, um das Feuer neu zu entfachen. Sein Eintopf musste aufgewärmt werden, eine Schüssel für jeden Gast stand bereit. Zu dritt würden die höheren Säugetiere zu ihm hochkraxeln, die *signora* vom Verein der Freunde allen voran, um ihm einmal mehr unrechtmäßige Nutzung von Gemeindeeigentum vorzuwerfen. Sie würden den Stall okkupieren. Jeden Strohhalm würden sie dort umdrehen, mit ihren behandschuhten Fingern, auf der Suche nach Spuren, die sie im Roccolo di Merì nicht gefunden haben würden. Sebastian Bart blickte zum Strauch. Dort saß jetzt unter den knospenden Zweigen die Maus. Ihre Schnurrhaare zitterten, während sie hastig bearbeitete, was von einer Brotkrume übrig geblieben war. Sebastian Bart lächelte ein strahlend weißes Lächeln.

»Du gehst zur Dentalhygiene«, hatte Gaffuri gesagt. »Auf meine Kosten. Mit deinem faulen Gebiss vergraulst du mir die Kunden.«

Gaffuri war in Ordnung. Gaffuri war initiativ und der Sache verbunden. Sebastian Bart erinnerte sich an sich selbst, wenn er Gaffuri reden hörte. Der Mann war wie Sebastian Bart, bevor er den Menschen abgeschworen hatte. Für Gaffuri und ein anständiges Honorar spielte er gerne den Grenzwächter im Schmugglerwald. Einen *Homo sapiens* in brutaler Ausführung würde Sebastian Bart geben. Einer, der keinem einzigen Tier je selbst den Hals umdrehte, dafür gerne Menschen jagte.

15

Auf dem Kiesplatz vor der Casa Rubio war noch immer Nichtstun angesagt, und die Kinder ließen sich nach anfänglichem Gemecker darauf ein. Bloß Emma langweilte sich. Sie bereute längst ihr Konzept, Langeweile zu verordnen. Aus Langeweile entstand gerade gar nichts Neues. Vor Langeweile fiel sie in ein Loch. Und im Loch kreisten ihre Gedanken endlos, ohne sich zu etwas verbinden zu lassen, das Sinn ergab. Bilder tauchten auf. Die Tote vom Monte Generoso, die höchstwahrscheinlich Anne-Catherine hieß, eine Frau, die weg von da wollte, wo sie herkam. Sie musste ihre guten Gründe dafür haben, sich an einem Ort wie Longoponto gegen Kost und Logis zu verdingen. Emma hatte alle Interviews mit Ulrike Klaus nachgelesen, jeden Beitrag im Web angeschaut. Sie mochte die Frau nicht. Bloß weil ihr ehemaliger Öko-Kollege eine erwachsene Frau mit Brei gefüttert hatte, brachte Ulrike Klaus ihn als Verdächtigen ins Spiel. Wer von diesem Akt einen Mord ableitete, musste ein paar Aufzüge dazwischen einbauen. Und zwar mit viel Fantasie. Wieder machte Emma den Test, indem sie Sebastian Bart an die Stelle des Mörders setzte. Sie sah *il folle* hinter den geschlossenen Fensterläden im Roccolo über Scudellate, wie er sich über die Frau beugte, die er hier eingesperrt hielt. Er musste sich so geschickt angestellt haben, um sich Zugang zum Turm zu verschaffen, dass weder das geknackte Schloss noch die Bewohnerin bemerkt worden waren. Sie sah Sebastian Bart, der vom Stall her sein Opfer überwachte. Macht als Motiv. Sebastian Bart als ein Mann, der davon lebte, über einen Menschen zu herrschen. Er besaß eine Frau, die jede Autonomie aufgegeben hatte, als sie noch im Besitz aller körperlichen Kräfte wahr: den eigenen Löffel selbst zum Mund zu führen, um sich zu ernähren.

»*Madonna.*«

Emma schüttelte den Kopf und kraulte Rubio, der seine Schnauze auf ihre Knie gelegt hatte und zu ihr hochsah. Sie stieß sich immer wieder am selben Punkt: Wenn einem Menschen diese Machtausübung guttat, hatte er ein Interesse daran, sie weiterzuführen. Er beendete nicht, was ihm Freude machte. Außer es war etwas aufgetreten, was das Gefüge zerstörte. Es gab vier Komponenten, die dazu beitragen konnten.

1. Der Täter selbst machte den Fehler, eigene Schwäche(n) zuzulassen.
2. Die Frau handelte so, dass sein Konzept zerfiel.
3. Eine Störung von außen trat auf.
4. Und die wahrscheinlichste, weil nie im Leben etwas eindimensional war: Eine Mischung von Punkt 1 bis 3 führte zum Mord.

Und dann waren da diese Fuß- und Fingernägel, sorgsam geschnitten, die Emma keine Ruhe ließen. Wenn sie weiterhin Sebastian Bart als Täter annahm, war er es, der sich die Mühe gemacht hatte, nach Novazzano und Ponte Capriasca zu fahren, um sie dort zu deponieren, beide Male bei einem Bild, das das Abendmahl nach Leonardo da Vinci zeigte. Jesus und seine Jünger, die zusammen ihre letzte Mahlzeit teilten. Ging es ums Essen? Emma richtete sich in ihrem Stuhl auf, griff zum Handy und tippte erneut »Abendmahl« und »Leonardo da Vinci« ein. Hier verbarg sich etwas, das sie nicht erkennen konnte.

16

Frena hatte ihren Platz in der Küche wieder eingenommen, nach einem Spaziergang mit Herrn Tanner, der jetzt der Adriano für sie war. Sie hatten nachgeholt, was sie gestern nach dem dritten Glaserl verschoben hatten. Mit einer Apfelschorle hatten sie aufs Du angestoßen, bei der Saceba drüben. Frena kam sich ein wenig wie ein Teenager vor, als er sie nach dem Mittagessen abholte. Hatte Emma gefeixt?

»Geh unbedingt, Frena«, hatte sie gesagt und gelächelt. »Du hast hier lange genug die Stellung gehalten.«

Frena war nun umfassend informiert über die Saceba und den Zementlehrpfad, den Parco delle Gole und die Gesteinsschichten, die sich dort offenbarten. Welch großes Wissen sich Adriano in all den Jahren angeeignet hatte, in denen er sich für die Schätze dieses Tales engagierte. Er hatte ihr Geschichten über die Käuferschaft erzählt, der er bei seinem Job begegnete. Er brachte Frena zum Lachen, der Adriano mit seiner schönen Stimme. Frena hatte plötzlich Sehnsucht nach ihrem alten Cavadini selig samt seinem Pfarrhaus in Vico Morcote, das sie von einer ungepflegten Junggesellenklause zu einem Schmuckstück modelliert hatte. Als Adriano dann auf der kleinen Brücke über der Breggia aus seinem Rucksack zwei Flaschen Apfelschorle zog und eine für sie öffnete, hatte Frena sich vorzutasten gewagt und nach seinen Wohnverhältnissen gefragt. Sie hatte von der Schokolade gegessen, die er ihr angeboten hatte – der Mann war einfach rührend –, obwohl sie Traube-Nuss nicht mochte. Sie wollte ihn nicht beleidigen.

Und sie hatte sich in Gedanken ein bisschen eingenistet, während er mit seiner schönen Stimme erzählte, dass sein Haus durchaus Platz für zwei Personen hatte. Jetzt schaute Frena vom Schneidebrett hoch und sah durchs Fenster, wie Emma gebeugt über ihr Handy saß. Davide gesellte sich dazu. Kurz nur zwickte Frena das schlechte Gewissen. Ach, der Davide, ihr Goldjunge, er würde weiterziehen, wenn es die Casa Rubio nicht mehr gab, und anderswo Arbeit und Glück finden. Und dass Emma Pläne hatte, die nichts mehr mit einem Tagesheim für Kinder zu tun hatten, hatte Frena längst erkannt. Da war es durchaus legitim, dass sie sich auf ihre alten Tage hin bequem einrichtete, gemeinsam mit dem Herrn Tanner, der jetzt der Adriano für sie war. Dass sie keine Schokolade Traube-Nuss mochte, würde er noch lernen, und bei den Haiku-Gedichten konnte sie weghören, wenn ihr die Rezitationen zu viel wurden.

17

Im selben Moment, als Emma der Rauch einer Zigarette in die Nase stieg, sagte Davide: »Seit wann interessierst du dich für Kunst, Emma?«

Dass er sich auch immer anschleichen musste. Wie ihr ehemaliger Kollege Alex von der Polizei Basel-Landschaft. Emma musste lächeln, als sie an ihn dachte.

»Du bist hier der Fachmann, Davide«, sagte Emma. »Gibt es einen Leonardo-da-Vinci-Kult? Eine Art Fanclub?«

»Sehr gut aussehend war er schon, sagen Zeitzeugen. Lockige Haare, modisch gekleidet. Wie ich.« Davide lachte. »Aber ein Kult? Keine Ahnung.«

»Das Abendmahl.« Emma hielt ihm ihr Handy mit dem Bild hin. »*Ein* Stichwort aus Sicht des Kunsthistorikers. Wofür steht das Bild?«

»Verrat.«

»Ach ja?« Emma war plötzlich hellwach.

»Schau dir Judas an.« Davide deutete auf die Figur links von Jesus. »Seinen Gesichtsausdruck. Den Geldbeutel in seiner Hand.«

Es folgte ein längerer kunsthistorischer Exkurs. Emma hörte halb hin, nickte ab und zu. Verrat. Sie sah Maria und Elsa zu, die wieder ihr Spiel spielten, Elsa reglos von der Bank herunterstarrend, diesmal ohne Maske, Maria von unten feixend.

»Du alte Schachtel!«, rief sie und streckte die Zunge heraus. »Ha ha, hi hi hi, schau nur dumm. Du machst uns keine Angst!«

Laura gesellte sich zu ihr, fiel in den Spottgesang ein, bis

Elsa oben die Hand hob, ganz langsam, als ob sie ein Gewicht zu stemmen hätte. Sie drohte, nein, sie winkte im Zeitlupentempo, während die beiden Mädchen unten hysterisch kicherten und auf sie zeigten.

»Hexe, Hexe!«, riefen sie. »Du machst uns keine Angst.«

»Von wegen ‹Der Tod und das Mädchen›«, murmelte Emma und brachte Davide mit einer Handbewegung zum Schweigen, bevor sie ihre Aufmerksamkeit ganz den Mädchen widmete.

»Du Hexe von der Mühle, schau nur blöd! Du machst uns keine Angst!«

Emma war von der Bockleiter hochgeschossen, auf der sie sich niedergelassen hatte, und war in zwei Sätzen bei den Mädchen, die zusammenzuckten, als Emma sie an den Schultern fasste und zu sich drehte.

»Die Hexe von der Mühle«, sagte sie und gab sich Mühe, ganz ruhig zu klingen. »Wer von euch hat die erfunden?«

Maria und Laura schauten sie mit großen Augen an.

»Aber die ist nicht erfunden, Signora Emma.«

Elsa sprang von der Bank.

»Die kennen wir. Eine böse, böse Frau.«

»Ja!«, riefen Maria und Laura. »Willst du sie sehen?«

18

Bruno Costa tobte. Roccolo di Merì: negativ. Der Stall: eine Schweinerei. Sebastian Bart: ein *bastardo*, der die Obrigkeit verhöhnte, ein ganzes System niedermachte, das für Ruhe und Ordnung sorgte. Einer von den Idioten, die vor Selbstüberschätzung strotzten, ihren Kopf zu hoch trugen und ihren Schwanz breitbeinig vor sich her. Der alles Überragende, der längst hinter sich gelassen hatte, was gewöhnlich war. Wie Costa diese Typen hasste.

»*Che palle!*«

Nichts als Mäusekot im Turm. Mäusekot! Schmutzige Kleidung im Stall, aber alles da, um ein Handy zu betreiben. Oho, wie konsequent, der Aussteiger! Dem Wirt von Scudellate hofierte er für ein bisschen »Verbundensein mit der Welt«, wie der Heuchler das nannte. Mehr wollte er nicht. Mehr, immer noch mehr, nein, das wollte er nicht.

»Anna«, hatte das Arschloch gesagt, »mein Vögelchen von Longoponto. Anna habe ich hinter mir gelassen, sie war zu anstrengend. Jeder einzelne dort war zu anstrengend, das alte Säugetier allen voran. Wie hieß es noch mal?«

Costa hätte den Typen am liebsten mit der Faust bearbeitet. Vergeltung für seinen zerbissenen Finger geübt und für den Scherbenhaufen, vor dem er stand. Sebastian Bart verarschte sie alle. Wenn nicht hier oben, dann hatte er die Frau anderswo versteckt und ermordet. Alles passte perfekt. Der Asoziale aus der Einsamkeit über Scudellate, der sich letzten Montag nachts in der Gole della Breggia herumgetrieben und im Tagesheim die alte Betreiberin bedroht hatte. Der Augenzeuge Adriano Tanner hatte endlich seine Erinnerung geschärft und ausgesagt, dass er letzten Samstag Sebastian Bart auf der Alp Nadigh beobachtet hatte. Zu hundert Prozent war es *il folle*, der dann in die Nevèra getragen hatte, was von seinem grausamen Verbrechen übrig geblieben war, fünfunddreißig Kilogramm Körper von Anne-Catherine, zynisch im Bondage-Sack und mit Plastikblumen bestattet. Dazu eine abwegige Fuß- und Fingernägelgeschichte, die ausgezeichnet zu diesem Perversen passte. Die arme Frau aus Frankreich war mit ihren nur vierzig Jahren ein weiteres Opfer jener Umstände, die nie ans Tageslicht kommen würden, ein Exempel dafür, wie es um die Menschheit stand, warum es Männer wie Costa brauchte, die Mörder fassten und dafür sorgten, dass sie einer angemessenen Strafe zugeführt wurden.

»*Che palle*!«

Nichts als Mäusescheiße. Aber der Chef würde am Montag offiziell abgesegnet einen Kollegen von der Spurensicherung hochschicken und Proben für einen Abgleich mit der Toten nehmen lassen. Das hatte er Costa zugesichert. Dann war der Chef verschwunden. Wahrscheinlich von seiner Emanze abkommandiert. Sebastian Bart war auch weg, demonstrativ den Berg hochgestiegen. »Da hin, wo innere Freiheit möglich ist«, hatte er gesagt, das Arschloch. Costa sah auf sein Handy. 15 Uhr. Bruno Costa machte jetzt Feierabend, und zwar ohne Abstecher zurück ins Commissariato nach Lugano. Die Tupperware mit Restgemüse konnte seinetwegen dort Schimmel ansetzen. Einen ganzen Samstag und Sonntag lang, an dem Costa nicht einen Finger für diese verdorbene Sache hier rühren würde.

19

Die Idee, an diesem sonnigen Freitagnachmittag früh Feierabend zu machen, hatte nicht nur Costa. Eine Kolonne von Autos wälzte sich von Lugano und Chiasso her, wo die Bewohnerinnen und Bewohner des Valle di Muggio von Montag bis Freitag ihren Lebensunterhalt verdienten, ins Valle di Muggio. Die Kurven zurück nach Hause kannten sie im Schlaf, und so bewegten sich bunte Punkte in flottem Tempo die Straße hoch. Einer davon war leuchtend gelb. Er raste durch Castel San Pietro, Breggia und Caneggio. Von näher betrachtet war der gelbe Punkt ein vw-Camper. Das Fahrzeug schien voll besetzt, an den Fenstern zeigten sich Gesichter. Nach dem Ortsschild Bruzella wurde der Camper langsamer, hielt an der Bushaltestelle, setzte den Blinker und wartete. Die Gesichter an den Fenstern bewegten sich. Auch ein Hund war dabei. Eine ganze Weile geschah nichts. Setzte der Camper nun seine Fahrt fort oder war Bruzella das Ziel? Er rollte langsam ein Stück weiter der Via Cantonale entlang. Nasen und Handflächen pressten sich gegen die Scheiben, es wurde mit ausgestreckten Fingern gefuchtelt. Niemand im Camper beachtete die Fahrer, die hupend überholten, manche den ausgestreckten Mittelfinger zeigend. Jetzt schien ein Entschluss gefasst. Der Camper gab Gas, bog rechts in die Via Municipio ab und parkte an einer Ecke, die nicht als Parkplatz vorgesehen war. Drei Mädchen, ein Junge, eine Frau und ein Labrador stiegen aus. Sie gingen schweigend und ohne Zögern zur Bushaltestelle zurück. Dort stellten sie sich paarweise auf. Zwei Mädchen führten den kleinen

Zug an, es folgten der Junge und das dritte Mädchen, Hand in Hand. Die Frau mit dem Hund an der Leine bildete den Abschluss. Wie ein Ausflug mit disziplinierten Kindern sah es aus. Nun kam wie auf Knopfdruck Leben in die Gruppe. Schwatzend und lachend zog sie los. Eines der Mädchen kicherte und klapperte mit seinen Zoccoli übertrieben laut auf dem Asphalt. Das Grüppchen wechselte von der Bushaltestelle auf die andere Straßenseite und marschierte eine Kurve hinauf, am ersten Haus links vorbei, am zweiten ebenso. Beim dritten Haus wandten die drei Mädchen den Kopf kurz zur Frau zurück, die Gesichter stoisch, bloß die Augen bedeutungsvoll aufgerissen. Kurz nur schnellte ein Zeigefinger vor und wurde auf ein Zischen der Gruppenmitglieder hin sofort zurückgezogen. Da war wieder einmal eine Gruppe auf dem Weg in die Mulino di Bruzella, mochte man denken, auch wenn die Mühle aktuell geschlossen war und Ausführungen zur Tradition der Müllerei ausbleiben mussten. So oder so waren die Wasser der Breggia ein Spektakel und lohnten die fünfundzwanzig Minuten Fußmarsch in die Schlucht hinunter. Aber wer das Grüppchen noch ein wenig länger beobachtete, konnte erkennen, dass der Ausflug beim Wegweiser beendet worden war. Die Kinder saßen dort auf der Bank, den Hund in ihrer Mitte. Er drehte seine Schnauze wechselweise nach links und rechts und ließ sich von acht Kinderhänden kraulen. Die Frau war verschwunden.

20

Emma rannte. Ihr Herz raste. Sie war auf dem Weg zum Haus Nummer 78 an der Via Cantonale zurück.

»Hier wohnt die Hexe, Signora Emma!«, hatten Laura, Elsa und Maria vorhin gerufen, als sie in Bruzella eingefahren waren. »Hier sind wir aus dem Postauto gestiegen, als wir so lange wandern mussten.«

Das Haus lag etwas unterhalb des Dorfkerns mit Kirche, der sich auf der anderen Straßenseite den Hang hochzog. Es war ein unauffälliges Haus, mit ein paar Metern asphaltiertem Vorplatz und einem Mäuerchen von der Durchgangsstraße getrennt. In den sechziger Jahren erbaut wahrscheinlich, drei Etagen, der weiße Putz blätterte vereinzelt, mit grünen Fensterläden, in Stockwerk eins und zwei vereinzelt geschlossen. Vor der Eingangstür eine Tretmatte aus Kokosfasern und ein Gummibaum im Topf. Es stand kein Auto da. Im elektronischen Telefonbuch ergab die Suche nach der Adresse kein Ergebnis. Das Nachbarhaus rechts befand sich ein Stück entfernt in einem großen, verwunschenen Garten. Kein Mensch weit und breit, den Emma in ein Gespräch verwickeln konnte. Bloß Autos waren unterwegs. Emmas Herz raste immer noch, als sie sich der Eingangstür näherte. Sie zuckte zusammen, als ihr Handy klingelte, und nahm den Anruf entgegen.

»Ja, Marco, ich habe eine …«, jetzt konnte sie das Namensschild neben der Türglocke lesen, ihr Herz setzte kurz aus und schlug dann weiter.

»Alles okay bei dir?«, hörte sie Marco noch fragen, doch sie beendete den Anruf, rannte wieder denselben Weg zurück zu den Kindern und Rubio. Die fünf saßen, wie angeordnet, immer noch auf der Bank.

»Auf, ihr genialen Kinder!« Emma keuchte, sie war verschwitzt, ihr Herz pochte ihr immer noch bis zum Hals. »Am Montag gibt's Kuchen für euch alle! Rubio, *piede!* Wir fahren zurück.«

»Aber«, sagte Leonardo, nachdem Emma alle in ihren Kindersitzen vorschriftsgemäß angeschnallt hatte und losgefahren war. »Warum weinst du? Wenn es doch Kuchen gibt?«

Emma wischte sich schnell über die Augen. »Ich weine nicht.«

»Man darf nicht lügen, Signora Emma.« Sie sah die gerunzelte Stirn des Jungen, auch wenn sie sich auf die Kurven konzentrierte. »Das sagst du immer.«

»Wegen der Hexe«, meldete sich nun Laura von hinten. »Weinst du wegen der Hexe?«

»Weil sie nicht da war!«, rief Maria. »Weinst du deswegen, Signora Emma?«

Emma konnte bloß nicken. Während der Fahrt sah sie die Frau aus Frankreich ans Fenster in Bruzella treten. Anne-Catherine, zu deren Zelle plötzlich das Lachen und Schwatzen von zwölf Kindern hochschallte, dazu das Klappern von einem Paar Mädchenschuhen mit hölzernen Sohlen. Vielleicht war das Fenster sogar einen Spalt breit geöffnet. Vielleicht roch Anne-Catherine sogar den Zigarettenqualm des jungen Mannes, der die Gruppe rauchend begleitete. Jedenfalls hatte Anne-Catherine sich erhoben und schaute auf das Leben, das draußen auf der Via Cantonale vorbeizog. Dabei war es bloß eine Ausflugsgruppe auf dem Weg in die Schluchten der Breggia, vor siebzehn Tagen, um ein Mühlrad drehen zu sehen und Agglomerationskindern Freude am Wandern zu vermitteln.

Auf dem Parkplatz im Grotto del Mulino angekommen, hüpften die drei Mädchen mit Rubio den Weg hoch. Emma schloss die Türen des Campers. Plötzlich spürte sie eine kleine, klebrige Hand, die sich in ihre schob. Sie ging in die Hocke und legte einen Finger auf Leonardos schmale Brust.

»Sorg dafür, Leonardo, dass du dir nichts gefallen lässt, was du nicht willst.« Sie spürte sein Herz unter den Rippen schlagen. »Und wenn es da drin schwer wird, erzähl es sofort jemandem. Friss nichts in dich hinein.« Sie sah verschwommen, wie Leonardo nickte.

»Reden«, sagte er, »statt hinunterschlucken. Fressen sagt man nicht.«

Commissario Bianchi sah sich in seinem Gartenbüro am wackligen Mosaiktischchen zum fünften Mal den Beitrag von tio.ch an. Die Präsidentin des Vereins Amici della Valle di Muggio erzählte etwas über den historischen Reichtum der Region. Bianchi sprang ein paar Sekunden weiter zu den Ausführungen über die Graa. An dieser Stelle zeigte der Beitrag eine Archivaufnahme von 2019. Eine Gruppe von Touristen drosch vergnügt auf gedörrte Kastanien ein, angeleitet von einem Freiwilligen aus dem Verein Amici della Valle di Muggio. Marco Bianchi nickte, spulte ein paar Sekunden zurück, schaute sich die Archivaufnahme nochmals an. Dann griff er zum Handy und rief Herrn Gruner an. Herr Gruner war irritiert über die Frage.

»Ich bin Rechtshänder«, sagte er. Dann überlegte er. »Ja, jetzt wo Sie fragen.« Wieder war es kurz still. »Einen Moment bitte.« Marco Bianchi hörte, wie das Handy abgelegt wurde. Ein Rascheln und Ächzen, dann wieder Herr Gruner. »Herr Bianchi? Ja, ganz klar.« Er war ein wenig atemlos. »Ich habe die Situation nachgestellt, auf gleich engem Raum wie in der Nevèra. Von der Treppe her kommend hätte ich die, äh, Last genau umgekehrt platziert.«

»Und die Blumen?« Marco Bianchi spulte den Archivfilm nochmals zurück und sah wieder dem Freiwilligen zu, der den Leinensack mit den getrockneten Kastanien auf einen Holzblock schlug, von seiner linken Hand in regelmäßigem Rhythmus geführt.

»Mit welcher Hand haben Sie die Blumen berührt, Herr Gruner?«

»Mit der rechten. Aber«, er stockte kurz, »die linke wäre naheliegender gewesen. Denken Sie, dass …?«

Der Commissario bedankte sich bei Herrn Gruner für die große Hilfe und beendete das Gespräch, als Emma mit hochrotem Kopf in den Garten stürzte.

»Marco!«, rief sie. »Ich habe ihn!«

»Ich auch«, sagte der Commissario.

23

Und warum sollte ich das wissen?«, fragte Frena, nachdem sie einen Schluck Merlot genommen hatte. »Kann ich hellsehen?«

Sie kicherte. Ein öfters verwendeter Spruch, der sie heute besonders belustigte, weil sie so guter Laune war. »Was ist euch denn über die Leber gelaufen?« Frena füllte alle drei Gläser nach, obwohl erst sie getrunken hatte. »So bedient's euch doch!« Frena wies auf die Crostini mit Pilzsoße und die etwas angetrockneten Stangensellerie-Gurken-Schnecken hin. »Apéro zum Wochenrückblick«, nannte sie das, die beste Gelegenheit, die Reste zu verarbeiten. In der Casa Rubio wurde nichts weggeworfen. Frena biss in ein Crostini und spülte mit einem Schluck Wein nach. Emma und Marco tauschten einen Blick.

»Frena«, fing Marco an, »wir wissen um deine Fähigkeit, sie war uns schon …«

»Und wie! Weißt du noch, welche Nummer ich beim zweiten Fall für Tschopp und Bianchi abgezogen habe?« Frenas unzählige Lachfalten verzogen ihr Gesicht, der feuerrote Haarturm auf dem Kopf wippte aufgeregt. »Ich stehe euch jederzeit zur Verfügung. Sagt einfach wann.«

»Jetzt«, sagte Emma.

Frena erhob sich von ihrem Stuhl unter den Linden auf dem Kiesplatz, unter denen sie ihren Apéro angerichtet hatte, und leerte ihr Glas im Stehen. »Ich bin bereit. Wohin gehen wir?«

»Es ist eher so«, sagte Marco, »dass wir …«

Frena setzte sich wieder. Die Lachfalten waren verschwunden und zu Furchen geworden. »Etwas stimmt nicht mit euch. Los, raus damit.«

Emma sah zu Marco. Er biss auf seiner Unterlippe herum.

»Ist etwas mit Davide?« Frenas Finger klammerten sich ums leere Glas. Sie war nun fahl im Gesicht, die Falten zogen schwarze Bahnen.

»Frena«, sagte Emma, »deine Freundin Natalia ist in zwei Minuten hier. Redet, lacht, betrinkt euch meinetwegen, aber gebt gut auf euch acht. Rubio lasse ich über Nacht bei dir. Wir müssen jetzt los.«

Als sie Frena umarmte, erschrak sie über den zerbrechlichen, feinen Körper. Sie würde Frena künftig öfter umarmen.

»Ja!«, hörten Emma und Marco Frena von oben rufen, als sie den Weg zum Parkplatz hinunterrannten, von Rubio begleitet, der irrigerweise davon ausging, dass er Teil dieses ungewohnten Abendunternehmens war. »Von diesem Freakdorf hat er erzählt.«

Emma und Marco blieben stehen.

»Er hat es vor langer Zeit einmal besucht. *Voneinander lernen* wollte er. Traditionelle Alpwirtschaft und so.«

Adriano Tanner stützte sich auf der Alp Génor hoch über dem Valle di Muggio auf den Stiel seiner Hacke und streckte den schmerzenden Rücken durch. Die Abendsonne verwandelte die Frühlingswiesen rundum in grüngoldene Teppiche und löste die italienischen Berggipfel am Horizont in weiche Linien auf. Er atmete tief ein und wieder aus, dann setzte er seine Arbeit fort. Alles musste weg. In Stücke hacken, ausreißen, die Weiden von Büschen befreien musste er und Anna verbannen aus Herz, Hirn und jeder Faser seines Leibes. Noch gelang ihm das nicht. Noch immer legte er täglich seine Hand auf den Stuhl, auf dem Anna früher gesessen hatte, als sie noch sitzen konnte. Sie verharrte stets kurz im Türrahmen der Küche und blinzelte, als ob sie geblendet wäre. Immer dasselbe Bild über all die Jahre, seine Anna in der Küche, sie schaute zuerst ins Abendlicht und dann auf den Teller, der an ihrem Platz wartete. Gefüllt mit dem, was er gekocht hatte für sie beide, weil Anna nicht kochen konnte. Sie wusste nichts anzufangen mit dem, was aus der Erde kam und dazu da war, Menschen zu nähren. An heißen Pfannen verbrannte sie sich, siedendes Wasser goss sie sich über die Hände, mit dem Messer rutschte sie ab. Wie viele Schnitte an Annas Fingern hatte er verbunden? Scheren und Messer hatte er wegschließen müssen, Teller und Tassen blieben offen zugänglich im Schrank, von feinen Haarrissen durchzogen. Überall waren kleine Splitter abgeplatzt, weil Anna sein Porzellan dauernd an Kanten stieß, als sie noch mit ihm am Tisch saß und aß.

Salziger Schweiß brannte in Adriano Tanners Augen, während er Wurzeln zerhackte, immer weiter. Wie er sich früher gefreut hatte, nach Hause zurückzukehren. Dorthin, wo seine Anna war. Sie brauchte nicht einmal aufzustehen, um in ihrem Zimmer hin und her zu gehen. Er musste keine Schritte hören. Ihre Anwesenheit reichte.

Frena trank ihren Merlot und jammerte. Sie wehklagte. Sie konnte es nicht fassen. Es war eingetreten, was sie immer befürchtet hatte. Ihre Fähigkeit war verloren gegangen. Kein einziges Signal hatte sie empfangen, nichts, was ihr einen Hinweis gegeben hätte. Es war nicht zu fassen. Das war ein Schock, gegen den nur zwei Dinge halfen. Frena schenkte sich und ihrer Freundin Wein nach.

26

Wenn Anna bereits am Fenster saß, nahm er sich den zweiten Sessel und setzte sich zu ihr. Er wartete, bis sie ihn ansah, mit ihren schönen Augen, die ein wenig glitzerten im abgedunkelten Zimmer. Niemals hätte er ohne dieses Zeichen zu reden begonnen, ihre gemeinsame Stille zerstört. Wenn sie ihren Blick auf ihn richtete, trug er vor, was er erschaffen hatte. Meist von einem Blatt abgelesen, manchmal aus dem Kopf. Silben, die er in stiller Arbeit über Stunden aneinandergereiht, verworfen und wieder neu kombiniert hatte. Bis die Worte stimmig klangen in seinem Ohr. Dutzende Male las er sie laut am Tisch in der Küche und horchte ihnen nach. Korrigierte, ersetzte. Er trug nur vor, was ihn überzeugte. Anna saß in ihrem Sessel und horchte seinen Worten nach. Manchmal wandte sie den Blick ab, starrte vor sich hin auf den Schoß oder an ihm vorbei an die Wand. Das konnte er nicht dulden. Dann brachte er sie dazu, ihm zuzuhören, konzentriert. Nach all dem Ringen um passende Silben hatte er sich es verdient. Manchmal benutzte er seine Fäuste, um sich quälende Kombinationen aus dem Kopf zu schlagen, Platz für neue zu machen. Es war ein Glück für ihn, wenn er welche fand, und ein Glück für Anna. An jenen Abenden erhielt Anna ein Stück Schokolade Traube-Nuss und ein Glas vom *jus de pomme* dazu, den sie so mochte. Eine Freude für Anna und gut für den Stuhlgang, weil die zwölf Quadratmeter für eine angeregte Verdauung zu wenig Bewegung zuließen.

Adriano Tanner hielt mit dem Hacken inne und sah in

den Abendhimmel. Es war Zeit, sich auf den Rückweg zu machen. Er fürchtete den weiteren Abend allein zu Hause. Eine weitere Nacht, in der er keinen Schlaf fand, weil er nicht mehr die Treppe hoch zum Zimmer von Anna steigen konnte. Wie er an der Tür gehorcht, manchmal erstickte Laute aus Annas Träumen gehört hatte. Nie war er eingetreten, niemals hätte er Anna beim Schlafen gestört, sie aus Träumen aufgeschreckt, und wenn sie noch so schlimm waren. Keine Unterbrechung hätte ihr geholfen, kein Wort, keine Geste. Anna wollte nichts davon, bloß Ruhe. Und die vermochte er ihr zu geben, er allein. Er war der Einzige auf der Welt, der über Anna befand. Nicht einmal sie selbst hatte noch etwas zu sich zu sagen. Mit dieser Gewissheit war er die Treppe stets wieder hinuntergestiegen. Dieses Gefühl hatte ihn ruhig schlafen lassen. Anna hatte ihm einen tiefen, inneren Frieden geschenkt.

27

Emma sah aufs Handy. 19:42 Uhr. Sie fröstelte. Kühl war es hier, in diesem Winkel zwischen Kirche und Tor, und es roch nach Pisse. Aber hier konnten sie beide unauffällig sitzen. Sie spürte Marcos Hand auf ihrem Arm.

»Alles okay bei dir?«

Emma nickte. Nichts war okay, wenn sie die Gesamtlage der Welt im großen Ganzen und ihren Fall im Besonderen betrachtete. Aber die Wärme von Marcos Hand tat gut, und dass sie hier zusammen schweigend warten und nachdenken konnten ebenso.

28

Es wurde 21:51 Uhr, bis sich etwas an der Via Cantonale Nummer 78 in Bruzella tat. Ein vw Caddy fuhr auf den asphaltierten Platz vor der Haustür. So weit so normal, das Auto gehörte Adriano Tanner, der dort wohnte. Vor Jahrzehnten schon hatte er sich hier niedergelassen. Dass er aus der deutschen Schweiz zugewandert war, merkte ihm keiner mehr an. Adriano Tanner war integriert, ein wirklich netter Mensch, würden die Bewohnerinnen und Bewohner von Bruzella sagen, immer zu Diensten, wenn es ums Wohl der Gemeinde ging. Adriano Tanner stieg aus und warf die Autotür zu, mit einem kleinen Klicken war der Wagen verriegelt. Vertraute Abläufe seit Jahren, wenn jemand aus dem Dorf jetzt der Via Cantonale entlangginge, würde Adriano Tanner freundlich winken oder ein paar Worte wechseln. Aber niemand ging der Straße entlang. Adriano Tanner trat vor seine Haustür, den Schlüssel in der Hand. Den Schalter für das Außenlicht hatte er noch nicht gedrückt. So befand er sich im Halbdunkel, als links und rechts neben ihn eine Frau und ein Mann traten. Sie standen zu dritt mit dem Rücken zur Straße. Die beiden außen machten gleichzeitig eine Bewegung, es wirkte beinahe wie ein Tanz. Sie holten etwas aus ihren Jackentaschen. Adriano Tanner senkte den Kopf und betrachtete, was ihm gezeigt wurde. Dann sackte seine große Gestalt ein. Es schien, als würde er fallen. Aber die Frau und der Mann links und rechts von ihm fingen ihn auf, bevor sie ihn sachte Schritt für Schritt von seiner Haustür wegführten. Noch immer kümmerte sich keiner in Bruzella darum, was bei der

Nummer 78 geschah. Und so ging an den Bewohnerinnen und Bewohnern vorbei, wie an diesem Freitagabend Adriano Tanner zu einem dunkelblauen Volvo begleitet wurde, der auf dem Parkplatz bei der Bushaltestelle stand. Der engagierte, selbstlose Mann, der keinem Menschen je etwas zuleide tat, würden alle im Valle di Muggio sagen, wenn man sie nach Adriano Tanner fragte.

Rubio seufzte. An Schlaf war nicht zu denken. Er erhob sich, trottete in die hinterste Ecke von Frenas großer Küche und ließ sich fallen. Bettete seinen Kopf auf die Vorderpfoten. Es gab keinen Ort hier, an dem der Lärm nicht in seine Ohren drang. Dass Hunde ein selektives Gehör hatten, war ein Märchen. Rubio hörte alles, jeden falschen Ton, den Frena und ihre Freundin da von sich gaben. Eine halbe Nacht lang dauerte es nun schon, das wusste Rubio aus Erfahrung. Da lobte er sich einmal mehr seine Emma. Emma sang nicht. Emma redete einfach viel. Aber das war egal. Immer wenn Emma weg war, merkte Rubio, wie sehr sie ihm fehlte. Er seufzte nochmals tief und begann, Katzen zu zählen. Schwarze, weiße, bunte, getigerte Tessiner Katzen, die ahnungslos durch die Gegend stolzierten und erschrocken flohen, wenn er knurrte. Manchmal half ihm das, in den Schlaf zu finden.

Am Samstagmorgen zogen am blauen Himmel über dem Mendrisiotto Wolken auf. Pünktlich zum Wochenende hin verschwand die Sonne, einmal mehr fanden sich manche Werktätige ungerecht behandelt. In Novazzano versammelten sich die Gläubigen zum gemeinsamen Gottesdienst. Eine begrenzte Anzahl durfte teilnehmen, und Don Alfredo war zudem bereit, die Messe in zwei Schichten zu halten. Der Priester profitierte von der Gunst der Stunde, wenn man es so nennen durfte. Die Pandemie brachte den einen oder die andere dazu, sich neu Gott zuzuwenden. Die Gläubigen dankten ihm für seinen Einsatz, während der Gottesmann gütig lächelte.

»Schleimsack«, murmelte Emma, als sie am Kirchenportal rechts vorbei zur Rückseite ging, um ins Oratorio der Chiesa dei Santi Quirico e Giulitta zu gelangen. Bestimmt hatte Don Alfredo eines seiner Schäfchen schützen, eine private Geschichte, eine Handlung auf Abwegen verbergen wollen, von der er als Beichtvater wusste. Deshalb hatte er Signora Beltranos Fund verschwinden lassen. Emma lächelte. Signora Beltrano, das war eine Nummer. So wollte Emma mit über achtzig noch sein, falls sie dieses biblische Alter je erreichen sollte. Sie hatte nun das Oratorio betreten. Santo Quirico schaute noch immer zum Himmel hoch, wo Gottvater und alle heiligen Männer saßen, und nach wie vor kümmerte sich keiner darum, was zu ihren Füßen geschah. Emma wandte sich nach links dem Gestell mit den Kerzen zu, die vertraut in roten Bechern flackerten. Außer Emma war niemand da. Durch die offene Tür zur Kirche nebenan drang der Sprechgesang der Gemeinde. Lobpreise den Herrn, Halleluja. Emma horchte dem dumpfen Klimpern der Geldstücke nach, die sie in den Schlitz gesteckt hatte. Zwei Kerzen. Emma platzierte sie nebeneinander und zündete sie mit einem Streichholz aus der Schachtel an, die dort lag. Eine war für Anne-Catherine. Eine blieb geheim. Die Wünsche dazu würde Emma auf keinen Fall vergessen. Denn bei diesem katholischen Hokuspokus hier gingen sie in Erfüllung, wenn man immer wieder an sie dachte.

31

Am Montag, dem 10. Mai 2021, hielt der Regen vom Wochenende unverändert an. Die Straßen glänzten wieder schwarz, und die Scheibenwischer der Autos, die in die Via Maestri Comacini einbogen, wischten hastig im Gleichtakt. Die Frauen und Männer am Steuer hatten es wie immer eilig, ihre kostbare Fracht auf dem Parkplatz des bankrotten Grotto del Mulino in die Obhut des nassen schwarzen Schlabbermonsters zu geben, das sie dort schwanzwedelnd erwartete, zusammen mit Davide Motta, der den Tross heute mit seinem schönsten Lächeln empfing. Selbst wenn das eine oder andere Töchterchen von der Suche nach einer verschwundenen Hexe erzählt hatte, waren deren Eltern nicht argwöhnisch geworden. Das war Kindergerede. Und dass dieser hübsche Davide Motta einer war, der sich illegal wie eine Made im feisten Speck von Reichen einnistete, um dort gut zu leben – so etwas wäre den Müttern und Vätern nicht im Traum eingefallen.

»Ein Projekt für mehr Gerechtigkeit auf dieser Welt«, hatte Davide am Tag zuvor zu Emma gesagt, als sie ihn unter Androhung von sofortiger Entlassung in die Casa Rubio zitierte. »Eine Art Zwischennutzung. Wir revolutionieren die Idee der Kommune, Emma!«, hatte er gerufen. »Angepasst auf die heutigen Macht- und Besitzverhältnisse. Du bist doch auch für Gerechtigkeit, Emma«, hatte er gesagt und gelächelt.

Und Emma hätte ihm am liebsten eine geknallt, während sie tief in sich drin Bewunderung spürte. Welche Dreistigkeit, welcher Mut, wie viel Cleverness auch. Nie im Leben hätte sie sich getraut. Sie, die nicht einmal wagte, ein Fingerchen voll vom verbotenen Monte-Generoso-Cake in der Küche ihrer Großmutter zu naschen.

Bruno Costa verstand die Welt nicht mehr. Da war man einmal ein Wochenende weg, so richtig im Entspannungsmodus, ohne vom Chef zu einem Sondereinsatz beordert zu werden. Da kommt man am Montag früh zum Dienst, in Vorfreude auf das, was heute zu tun war. Nämlich diesen Sebastian Bart ordnungsgemäß zu überführen: Spuren sichern, Verdacht bestätigen, Haftbefehl erlassen. Bruno Costa war einen Moment lang fassungslos, als sein Chef begann, ihm die Faktenlage darzulegen. Der Immobilienmakler also. Adriano Tanner hatte ihn an der Nase herumgeführt, ein ganzes Dorf, ein ganzes Tal verarscht. Wie der Mann schauspielern konnte! Der Immobilienmakler war es, logisch eigentlich, als Immobilienmakler hatte er die Möglichkeit, die Frau in einer leer stehenden Wohnung zu platzieren. Einer Frau in Not hatte er ein Dach über dem Kopf geboten, behauptete Adriano Tanner. Es tat ihm leid, die Frau leiden zu sehen, die eine Weile Wohnungen für eine Putzfirma reinigte, mit der die Immobilienfirma zusammenarbeitete. Er hatte sie wiedererkannt, sie war die Frau, mit der er sich über Trockenmauern ausgetauscht hatte, damals während der Recherchewoche in der Kommune über Arosio im Malcantone. Bloß helfen wollte er, eine alleingelassene Frau unterstützen, nachdem sie den Job verloren hatte, vom Arbeitgeber als sozial nicht kompatibel befunden wurde. Seelisch angeschlagen war sie, jeder andere hätte sie in die Psychiatrie abgeschoben. Nicht Adriano Tanner. Doch als sie selbst in der leer stehenden Wohnung nicht mehr zurechtkam, nahm er sie zu sich nach

Hause. Geholfen hatte er bloß, sechzehn Jahre lang, bis die Frau Verrat an ihm beging.

»Adriano Tanner glaubt das, was er sagt«, sagte der Chef sinnierend und erhob sich dann, um in sein Büro zurückzugehen.

Typisch Chef. Der große Philosoph. Wenn man Bruno Costa fragte, brauchte es hier keinen Versuch, irgendetwas zu verstehen. Dieser Adriano Tanner war ein Verbrecher, aber so richtig. Jetzt waren einzig Taten gefragt: Spuren sichern, Verdacht bestätigen, Haftbefehl erlassen.

Brigadiere Costa würde heute ordentlich Wirbel veranstalten, um sich und die Öffentlichkeit von der Tatsache abzulenken, dass sein Chef sich wieder einmal zur Höchstform aufgeschwungen hatte. Dem Mörder auf die Spur zu kommen, weil er Linkshänder war: alle Achtung.

Aber das mussten ja nicht alle wissen. Erst recht nicht, mit welchen Hexereien die *zücchina* wieder mitgemischt hatte. Signora Holmes schien unentbehrlich zu werden für den Chef. Mit Ausnahmen. Bruno Costa grinste. Die letzte Nacht hatte der Chef offensichtlich wieder einmal bei sich zu Hause verbracht. Seine Frisur war heute durch nichts aus der Form zu bringen, so viel Gel hielt sie zusammen.

33

Das Kuchenbüffet für die genialen Kinder der Casa Rubio brach beinahe unter den Köstlichkeiten zusammen. Frena hatte alles gegeben, und Emma kaufte die Süßwarenabteilung der Migros von Morbio Inferiore halb leer. Gesundes wurde hier nicht untergebuttert. Emma hatte den Kiesplatz wieder in einen Open-Air-Essraum verwandelt. Ab und zu stürzte das Regenwasser von den Blachen, das sich dort in Kuhlen gesammelt hatte, zum Vergnügen der ganzen Bande samt Rubio. Als die Eltern ihre Kinder abholten, waren alle bis auf die Haut nass. Dem einen oder anderen war angesichts der vielen Süßigkeiten ein bisschen schlecht.

»Was isst du da?«, hatte Leonardo gefragt und auf Emmas Teller gezeigt. Er hatte nicht lockergelassen, bis Emma ihm erlaubte, ein paar grüne Zuckerstreusel von der Kakaoglasur zu klauben. Dann hatte sie sich eine Gabel voll Biskuitteig in den Mund geschoben, die Augen geschlossen und Kleinemma gesehen, die Großmutters Teeservice mit den blauen Blümchen aus dem Buffet im Wohnzimmer holte. Sie roch den Duft von Holz und Bonbons, gebügelter Tischwäsche und schwarzer Schokolade und schickte einen Dank hoch zur Großmutter, die als Einzige nicht gelacht hatte, als Emma bei Fräulein Huber, der Grundschullehrerin, ihren Berufswunsch zeichnen musste. Emma hatte sich eine Polizeimütze auf die wilden Locken gesetzt, dazu eine Pistole in jede Hand, von klobigen Fingern umfasst. Sie war schon immer zum Kampf gegen das Böse bereit.

Tatsächlich ein kleines Paradies, in das er hier eintauchen durfte, fand Marco Bianchi, als er sich zurücklehnte, in den Sternenhimmel schaute und den Duft des Holzfeuers einatmete, das sein Badewasser erhitzte.

»Wir haben noch immer eine Lücke von sechzehn Monaten, die wir uns noch nicht erzählt haben. Das Private.«

»Oha«, sagte Emma und griff zur Flasche, um beide Gläser nachzufüllen. »Machst du eine Mindmap, damit wir nichts vergessen?«

»Ich möchte dort anknüpfen«, Marco blieb ernst, während er den Badeschaum vor sich zu Bergen auftürmte, »wo wir damals stehen geblieben sind. Im Ristorante La Sorgente in Vico Morcote.«

»Bei deiner Tochter.«

»Sie freut sich darauf, dich kennenzulernen.«

»Ich mich auch.«

Nicht lügen, Emma, schalt sie sich. Emma fürchtete den Moment, in das Leben einer Achtzehnjährigen zu treten. Da waren die Kinder der Casa Rubio ein Klacks dagegen.

»Zwei Fragen, Commissario. Danach bist du mit deinen ungarischen Heldengeschichten dran«, sagte Emma. »Was, wenn die Firma Tschopp & Bianchi doch keine Aufträge bekommt?«

Marco ließ seine Schaumberge stehen, griff nach ihrer Hand und umfasste sie fest.

»Und die zweite Frage?«

»Würdest du eine Kerze anzünden für Adriano Tanner oder nicht?«

Es war zum Verzweifeln. Was hatten diese zwei Menschen bloß dauernd zu besprechen? Seit gefühlt
einem Hundejahr versuchte Rubio, auf seine Bedürfnisse
aufmerksam zu machen. Es war ja nicht so, dass er viel
verlangte. Die Gute-Nacht-Runde wollte er spazieren,
vier- bis fünfmal eine Duftmarke setzen und danach sein
Hammer-Biskuit zerlegen. Ein paar Streicheleinheiten von
Emma brauchte er, bevor er sich schlafen legte und träumte,
seinen neuen Lieblingstraum, den er vor drei Nächten erfunden hatte. Das Tessin kam nicht vor.

KAMPA VERLAG

Gian Maria Calonder
Engadiner Abgründe
Ein Mord für Massimo Capaul

Roman

Massimo Capaul, der neue Polizist
im wunderschönen Engadin

»Wenn du geschickt bist, kannst du dir hier oben als Polizist bestimmt ein gutes Leben machen.« Massimo Capaul ist sich da nicht so sicher wie Bernhild, die resolute Wirtin des Gasthofs ›Zum Wassermann‹, wo der neue Polizist fürs Erste untergebracht ist. Die ungewohnte Höhe im Engadin bereitet Capaul Kopfschmerzen, ihm ist noch schlecht von der Fahrt über den Albulapass, aber Zeit zum Ankommen bleibt nicht. Noch vor dem offiziellen Dienstantritt muss er zu seinem ersten Einsatz: In Zuoz brennt eine Scheune. Nur wenig später stirbt ihr Besitzer, der kauzige Rentner Rainer Pinggera. Ein vermeintlich natürlicher Tod. Seiner Ordnungsliebe folgend, geht Capaul dennoch einigen Ungereimtheiten nach. Dabei lernt er das ganze gesellschaftliche Spektrum des Oberengadins kennen, vom St. Moritzer Jetset bis zu den wortkargen Bauern in der schummrigen Dorfbeiz. Aber den Alteingesessenen gefällt es gar nicht, wenn jemand in ihrer Mitte für Unfrieden sorgt.

KAMPA VERLAG

Kaspar Wolfensberger
Gommer Sommer
Der erste Fall für Kauz

Roman

Eine wunderschöne Berglandschaft, zwei hässliche Morde.
Und ein Polizist a. D., den man liebend gerne bei seinen
Wanderungen und Ermittlungen begleitet.

Bislang hat Alois Walpen, besser bekannt unter seinem Spitz-
namen Kauz, seine Ferien in einem umgebauten Speicher in
Münster verbracht. Nachdem er es sich mit der Zürcher Polizei-
leitung verscherzt hat, zieht sich der Kriminalpolizist a. D. ins
Walliser Goms zurück. Gewöhnlich stehen dort Trockenfleisch,
Käse und Heidelbeerlikör für ihn bereit, diesmal wird Kauz jedoch von einer Leiche empfangen, die an einem Balken baumelt.
Während die Kollegen vor Ort von einem Selbstmord ausgehen,
beginnt Kauz auf eigene Faust zu ermitteln. Derweil bearbeitet
Immobilienkönig Anton Z'Blatten, der »Gommer Napoleon«,
die Dorfversammlung: Das Gommer Highland Resort sei das
Herzstück eines neuen Tourismusmodells, das Schule machen
werde. Das Wallis, die ganze Schweiz, nein, alle Alpenlän-
der würden auf Münster blicken. Wieso man diesen Mann frei
schalten und walten lasse, fragt Kauz und erhält eine deutliche
Antwort: »Weil bei uns im Goms, und überhaupt im Wallis, das
Recht am Verludern ist.« Genau der richtige Ort also für einen
Polizisten im Unruhestand.

KAMPA VERLAG

Dino Minardi
Ein Espresso für den Commissario
Pellegrinis erster Fall

Roman

Ein Fall für einen starken Espresso:
Commissario Pellegrini und der tote Student

Commissario Marco Pellegrini hatte sich auf die ersten warmen Frühlingstage gefreut. Zu gern hätte er in Ruhe den einen oder anderen *caffè* in der Bar des Familienbetriebs genossen, ehe die Touristenmassen an den Comer See strömen. Denn dann ist es auch bei der Polizia di Stato mit der Ruhe vorbei. Doch die Realität holt ihn früher ein als erwartet: Ein Student wird in seiner völlig verwüsteten Wohnung aufgefunden – erwürgt. Schnell zeigt sich, dass der Tote über außerordentlich viel Geld verfügte, das weder von seinen halblegalen Vermietungsgeschäften noch von seinem dubiosen Nebenjob kommen konnte. Woher hatte er so viel Geld? Und wurde er deswegen ermordet? Commissario Pellegrini übernimmt den Fall, wird bei den Ermittlungen aber nicht nur mit seiner eigenen Vergangenheit konfrontiert, sondern muss auch noch lästige Streitereien in seinem Team schlichten.

»Der Comer See ist der schönste Ort der Welt.«
George Clooney